거기서,
도란도란

거기서, 도란도란 2 (큰글씨책)

초판 1쇄 발행 2018년 10월 15일

지은이 이상섭
펴낸이 강수걸
편집장 권경옥
펴낸곳 산지니
등록 2005년 2월 7일 제 333-3370000251002005000001호
주소 부산광역시 해운대구 수영강변대로 140 BCC 613호
전화 051-504-7070 | 팩스 051-507-7543
홈페이지 www.sanzinibook.com
전자우편 sanzini@sanzinibook.com
블로그 http://sanzinibook.tistory.com

ISBN 978-89-6545-552-3 04810
        978-89-6545-550-9 (세트)

거기서,
도란도란 ❷

부산 구석구석
이상섭 팩션집

산지니

차례

안녕, 나의
메카여

**사직종합운동장에
부쳐**

　　　　　넌 왜 맨날 드라이버만 들고 설치냐? 내
손에 쥐어진 드라이버를 노려보며 기어이 한마디 던지고 돌아
서는 저 남자, 바로 나의 아버지 박태춘 씨다. 태춘 씨는 한 번
씩 울화가 뻗칠 때마다 내게 분풀이를 한다. 그러고는 풀지 못
한 울화를 가슴에 안은 채 스쿠터를 몰고 쇠미산으로 향한다.
쇠미산으로 향하는 이유는 산 중턱까지 임도를 타고 올라가
거기서 고함이라도 지르기 위해서인지 모른다. 하지만 태춘
씨는 오늘만큼은 산으로 향하지 않을 모양이다. 아예 식당 앞
에 세워둔 스쿠터에 눈길 한번 건네지 않고 쌩하니 나가는 걸
보니. 그렇다면 태춘 씨는 어디로 가는 거지? 고개가 절로 갸
웃거려진다. 근래 들어 태춘 씨의 심기가 불편한 건 사실이다.
빽하면 조말분 여사가 샤우팅을 쏟아대기 때문이다.

태춘 씨야말로 지금은 쪼그라지고 우그러져 조 여사의 구박을 받고 있지만 한때 잘나가는 사장님이었다. 조말분 여사 말마따나 가구공장까지 신축하면서 사업 확장을 꾀한 적이 있었다니 그게 태춘 씨의 헛소리만은 아닌 건 분명하다. 문제는 사장님 소리를 듣는 게 딱 거기까지였다는 거다. 아파트 붐이 꺼지면서 가구공장은 내리막길을 탔고 담보로 잡혔던 집이며 산야마저 공장과 함께 날아가고 말았던 것이다. 쉽게 말해 완전히 알거지가 된 셈이었는데, 남은 것이라고는 고작 미나리꽝이 전부였다. 그나마 불행 중 다행인 것은, 그 미나리꽝이 아파트 단지로 개발되면서 자투리 땅이 가족의 호구지책이 되었다는 점이다.

  사실, 태춘 씨보다 먼저 이곳에 발을 내디딘 분은 우리의 할아버지 박또석 씨다. 할아버지는 식솔을 이끌고 이곳에 정착해 쇠미산의 흙물을 가라앉혀 미나리 농사를 지었다. 그런 미나리꽝이 이곳 일대는 지천이었다. 하지만 그 많던 미나리꽝은 온데간데없이 사라지고 그곳엔 미나리 대신 아파트가 우후죽순처럼 자라났다. 식당을 에워싼 아파트가 산보다 더 높다면 그게 거짓말일까. 나도 모르게 저절로 건너편 아파트로 눈길이 쏠린다. 건너편 아파트 단지를 보니 갑자기 유리가 생각난다. 그녀는 지금 무엇을 하고 있을까. 몇 푼의 시급을 위해 사무실에서 열심히 서류철을 뒤지고 있겠지?

유리를 처음 만난 날이 기억난다. 그날도 아마 조말분 여사의 호출로 강의가 끝나기 무섭게 식당으로 향하던 중이었을 것이다. 궁여지책으로 마련한 조 여사의 아귀찜이 날개를 달 줄은 꿈에도 생각지 못했다. 하는 업종마다 말아먹기 일쑤였으니 이번에도 그러려니 했다. 한데 이게 웬걸, 손님들이 다른 메뉴와 달리 아귀찜만 찾는 것이 아닌가. 물론 집에서 가끔 해주는 아귀찜 맛이 나쁘지는 않았지만 이렇게 대박이 날 줄은 몰랐다. 그러니 기쁜 마음으로 조 여사를 도울 수밖에. 하지만 지하철에 발을 올렸을 때 열차는 이미 만원 상태였다. 겨우 몸 부릴 공간을 찾아 손잡이를 쥐었더니 앞 좌석에 아가씨 셋이 나란히 앉아 열심히 프리토킹 중이었다. 난 부러 이어폰을 찾아 귀에 꽂았다. 그렇다고 그녀들의 달착지근한 대화가 들리지 않는 건 아니었다. 간간이 울리는 까르륵거리는 소리는 내 눈길까지 쏠리게 했다. 특히 내 눈길이 자주 가는 이는 맨 오른쪽에 앉아 있던 여자애였다. 귀엽고 어딘가 깜찍한 태가 있어 볼이라도 살짝 꼬집어주고 싶은 그런 여자였다. 뭐랄까. 연예인 삘이 난다고 해야 하나. 하지만 아귀찜 냄새나 풍기는 주제에 언감생심, 그냥 스치는 인연이겠거니 했다.

그런데 그녀를 내 인생에서 다시 조우할 줄이야. 종합운동장역에서 하차해 근처 편의점에 들러 생수 한 병을 사서 4번 출구로 나서니 그녀 셋이 나란히 앞에서 걸어가고 있는 게 아닌가. 미행한 것도 아닌데 졸지에 미행한 꼴이 되고 말았다. 한데 갑자기 연예인 삘의 아가씨가 "아귀찜은 어때요, 언니? 난 얼큰한 게 땡기는데." 하는 것이었다. 그녀의 말에 나머지 두 사람은 잠시 고민하는 듯했다. 그러더니 좋아, 오늘 메뉴는 그 못생긴 생선으로 하지 뭐. 메뉴가 정해지자 세 사람은 경쟁하듯이 일제히 폰을 꺼내 맛집 검색에 들어갔다. 그런 상황이었으니 밑져야 본전, 내가 영업사원으로 나설 수밖에. 근처에 아귀찜 잘하는 식당을 아는데 제가 안내해도 될까요? 어머, 여기 사시나 봐요? 예, 이래 봬도 이곳 토박이라 근처 맛집은 환히 꿰고 있죠. 세 사람은 잠시 의논하더니 결국 내 뒤를 졸졸 따르기 시작했다.

누구냐? 세 사람이 자리를 잡고 앉자 조 여사가 묻고 나섰다. 이상한 생각은 마셈, 그냥 아귀찜 먹고 싶다기에 영업 차원으로 데리고 왔을 뿐이니까. 그러니까 내 말은 네가 왜 음식의 양이며 서비스까지 챙기고 나서냐고? 조 여사가 음흉한 미소를 띠며 나섰다. 명색이 이 집 아들인데 식당이 잘 돼야 저도 좋은 거 아니겠어요? 그리고 혹여 내 속내가 조 여사에게 탄로 날까 봐 식당을 빠져나오고 말았다. 그렇게 스쳐간 인연이라고 생각한 그녀가 며칠 뒤에 식당에 나타났다. 난 막 손님이 떠난 테이블을 치우는 중이었다. 인기척에 "어서 오세요!" 하고 돌아보는 순간, 나는 그만 벌어진 입을 다물 수 없었다. 그녀가 환한 미소를 지은 채 서 있었던 것이다. 알고 보니 그녀의 집 또한 종합운동장역 근처였고, 이후 유리는 부러 자신의 가족까지 이끌고 조 여사네 아귀찜 전문식당을 기꺼이 찾아주었다. 물론 나는 그렇게 방문할 때마다 그녀에게 물심양면의 아낌없는 서비스를 왕창 선사했고.

나중에야 안 사실이지만, 유리가 이곳 아파트로 이사를 오게 된 것은 그녀의 아버지 탓이었다. 유리 아버지는 부산고 출신으로 고교시절부터 모교 야구팀 응원단장을 했던 분이었다. 박노준, 최동원이 주름잡던 고교야구가 인기를 구가하던 시절이었고, 혹여 부산고가 결승전에라도 진출하면 전교생이 버스를 대절해 서울로 올라가곤 했단다. 그런 고교야구는 프로야구 시대가 개막하면서 사양길로 접어들고 말았지만 그렇다고 야구의 인기마저 식어버린 건 아니었다. 단지 부산시민의 관심이 롯데 야구로 옮겨갔을 뿐이었다. 유리의 아버지도 롯데 야구의 광팬으로 등극한 건 당연지사. 롯데가 꼴찌로 바닥을 길 때에도 '꼴데'라고 욕을 하면서도 롯데 팬임을 부인하진 않았다.

언젠가 우리 식당을 찾은 유리 아버지와 꽤 긴 얘기를 나눈

적이 있다. 그때 유리 아버지는 롯데의 야구사를 떠벌렸다. 그중 화제의 중심은 단연코 84년 삼성과의 한국시리즈였다. 삼성은 한국시리즈를 앞두고 약체인 롯데를 택했다. 하여 순위 결정전부터 부러 져주는 해괴망측한 일까지 벌였던 것이다. 그리하여 맞붙게 된 삼성과 롯데의 한국시리즈였으니 결과는 뻔했다. 롯데가 힘 하나 제대로 못 쓰고 질 것이라는 게 압도적 예상이었다. 한데 단기전은 정말 예측 불가였다. 무쇠팔 최동원 투수 덕분에 1차전을 4-0으로 승리했고, 3차전에서 또 3-2로 승리하면서 일을 낼 것 같은 분위기를 잡더니 아니나 다를까 6차전까지 6-1로 승리하면서 7차전까지 끌고 온 것이다. 롯데의 야구팬들은 너무 흥분해 머리가 돌아버릴 지경이었다. 하지만 최동원에게만 의지했던 투수진은 한계가 분명히 있었다. 7차전 승리라는 기적을 바랐지만 롯데는 7회까지 3-4로 끌려가는 중이었다. 그렇게 패색이 짙던 8회 초였다. 극적인 역전 스리런 홈런이 터지고 말았다.

재미있는 건 말야. 잠시 말을 끊었던 유리 아버지가 다시 나섰다. 역전 홈런의 주인공이 시리즈 내내 20타수 2안타의 빈타에 허덕이는 선수였단 거야. 그런 양반이 결정적인 순간 삼성의 에이스 김일융의 공을 받아쳐 왼쪽 담장을 넘겨버렸지. 그 바람에 롯데는 우승 트로피를 거머쥘 수 있었고 유두열은 자신의 이름 석 자를 롯데 팬의 가슴에 영원히 아로새겼어. 자네, 오늘이 무슨 날인지 아나? 9월 1일인 걸로 아는데요. 유리 아버지가 고개를 가로저었다. 오늘은 9월 1일이 아니라 유두열이 영영 '유듀열'이 된 날이야. 아마 지금쯤 하늘에서 최동원을 만나 7차전 얘기를 신나게 떠벌리고 있을지 모르지. 자, 신장암으로 우리 곁을 떠난 나의 영웅을 위해서 한 잔 더! 그날 유리 아버지는 애도가 너무 과해 내가 집까지 모셔다 드릴 정도였지만 기분이 결코 나쁜 건 아니었다.

유리의 아버지 말마따나 구덕야구장의 시대는 가고 86년 사직야구장 시대가 문을 열었다. 야구를 가까이하고 싶어 했던 유리 아버지는 가족을 이끌고 야구장 근처로 이사를 감행했다. 그러니까 나와 그녀의 인연의 초석을 놓은 이가 바로 그녀의 아버지였던 셈이라고나 할까. 아무튼 아버지의 영향으로 그녀 또한 야구를 사랑하지 않을 수 없었고, 그 바람에 우리의 데이트 코스는 영화관보다는 주로 야구장이 되었다. 그녀와의 야구장 응원 데이트는 즐거웠다. 웬만한 야구 상식 또한 나보다 더했으면 더했지 덜하지 않았다. 그러니까 야구에 대한 열정의 사이즈가 나와는 다르다고나 할까. 유두열로 인해 우승을 했지만 롯데 자이언츠가 강팀이라는 카리스마를 갖진 못했다. 물론 그런 와중에도 1992년에 우승을 하긴 했다. 하지만 두 번째 우승기를 들어 올렸어도 롯데 팬들의 마음은 흡족하지 못했다. 롯데 팬들이야말로 시원한 홈런야구를 원했지 그라운드 안에서만 공이 맴도는 딱총야구를 원한 것이 아니었기 때문이다. 그랬으니 우승한 후에 끝내는 '똥줄야구, 마약야구' 란 비난을 퍼부었는지 모른다.

그런 롯데가 이후 줄곧 상위권에도 들지 못하고 꼴찌만 해 대자 관중들은 아예 등을 돌려버렸다. 너무 사랑했으므로 너무 큰 배신감에 돌아섰는지 모른다. 그런데 투자에 인색한 구단주가 무슨 맘을 먹었는지 한국 프로야구 역사상 최초로 외국인 감독을 영입하고 나선 것이다. 그가 바로 16년간의 미국 프로야구 경력을 지닌 제리 로이스터 감독이었다. 2007년 11월, 5년 임기로 계약을 체결한 로이스터는 이듬해에 '꼴데'를 3위의 자리에 올려놓았다. 그러자 로이스터 감독은 부산시민의 영웅으로 등극하고 말았다. 처음엔 잘하든 못하든 벤치에 서서 물개박수만 쳐댔으니 저 시커먼 양반이 무얼 믿고 저러나 했다. 한데 물개박수를 받아 가장 먼저 흥분한 이는 멕시코 출신의 용병 타자 카림 가르시아였다. 야구장에 발길을 끊었던 팬들은 돌아왔고 그렇게 롯데의 전성기는 다시 시작되었다. 가을야구를 맛보게 해준 로이스터. 그러니까 그때까지 이대호 는 가르시아의 그늘에 가려 빛도 보지 못하고 있을 때였다.

롯데가 강팀으로 변하면서 팬들은 이색적인 응원문화로 화답했다. 신문지 찢어 응원하기, 라이터 응원, 파도타기, 빨간

봉다리 응원 등등. 특히 7회 말쯤 쓰레기를 담으라고 나눠준 봉지를 머리에 뒤집어쓰고 펼치는 응원은 사직구장이 아니고는 볼 수 없는 진풍경이 되고 말았다. 하지만 롯데는 불과 몇 년 만에 다시 최약체 팀으로 전락하고 말았다. 2014년 7위, 2015년과 2016년에는 8위 자리를 고수해버린 것이다. 그런데도 롯데 팬들은 맨날 지는 롯데 선수를 욕하기보다는 두산이나 삼성 선수들을 욕한다. 롯데 선수들보다 너무 잘해서 얄밉기 때문이다. 그렇게 욕을 하면서도 부산 팬들은 프로야구 하이라이트 시간만을 기다린다. 어떻게 졌는지 알아야 욕을 해도 할 수 있으니까. 아무튼 롯데의 성적 하락 덕분에 사직야구장의 온도는 급격히 떨어졌고 인근 상점들의 매출도 뚝 떨어졌다. 특히 지금처럼 프로야구 시즌이 종료된 이후에는 더더욱.

유리 아버지와 달리 나의 부친 태춘 씨는 야구라면 질색을 한다. 이유는 간단하다. 경기가 야비하다는 거다. 도루라는 룰 자체가 스포츠 매너치고는 수준 이하라는 것이다. 그럼 축구는 매너가 좋은가요? 이란이나 이라크의 축구 매너를 보세요. 중동의 침대축구는 예외로 봐야지. 유럽의 현란한 드리블을 봐라, 그건 스포츠를 넘어 예술의 경지지. 몸으로 보여주는 무용보다 아름다운 그라운드의 춤이 축구야. 한국 축구는 그런 '아트싸커'인 유럽 축구를 따라가기에는 멀었잖아요? 그건 아니지. 2002년 월드컵을 생각해봐라, 우리나라 축구가 어디 수준이 그리 떨어지든. 히딩크 감독 덕분이죠, 게다가 개최국 어드밴티지도 한몫했고요. 아버지는 한숨을 내쉬었다. 넌 계속 야구를 좋아하렴, 아버지는 축구를 사랑하다가 이승을 하직할 테니.

야구보다 축구를 사랑한 태춘 씨. 하지만 그런 아버지도 내 손을 잡아끌고 근처 축구장을 찾은 적은 없었다. 2002년 월드컵 '4강 신화'를 쓰고 연일 붉은 악마들이 거리로 뛰쳐나와 거리응원을 해도 오직 TV 앞만 고수했을 뿐이다. 그땐 태춘 씨한테 잠시 서운하긴 했지만 곧 잊어버렸다. 어차피 월드컵 기간은 짧았고 프로야구 시즌은 무지무지 길었으니까. 한데 4년 뒤, 독일에서 다시 월드컵이 열렸다. 붉은 악마와 거리응원이라는 독특한 문화를 세계만방에 선보인 터라 나 또한 붉은 악마를 꿈꾸며 토고와의 첫 경기를 기다렸다. 그런데 토고전을 앞두고 한국 팀의 승리를 응원하기 위해 사직야구장을 시민에게 개방한다고 했다. 소식을 들은 나는 흥분을 감추지 못했다. 아버지도 마찬가지였다. 아부지, 이번에는 우리 가족이 함께 응원하러 가야죠? 당연하지, 이때 애국심을 보여주지 않으면 언제 보여주겠냐. 하지만 한국과 토고전이 열리는 당일이 되자 태춘 씨는 망설였다. 식당을 팽개치고 가면 어쩌냐면서 조 여사가 강력하게 브레이크를 걸고 나섰기 때문이다. 결국 우리는 식당 TV 앞에 모여 앉아 토고전을 지켜봐야 했다. 물론 그 와중에도 옆집 치킨점은 배달이 밀려 정신이 없을 정도였지만 우리 식당 전화는 애석하게도 한 번도 울리지 않았다. 하긴 일찍 밥 먹고 다들 TV 앞에 모여들었을 테니 요리가 필요한 게 아니라 주전부리가 필요할 정도로 늦은 시각이었다는 것이 이유라면 이유일 수도 있겠다. 어찌 됐거나 그런 와중에 이천수의 프리킥으로 1:1 동점까지 만들어버리자 흥분을 참지 못한 태춘 씨와 나는 배달용 오토바이를 타고 사직야구장으로 내빼고 말았다. 하지만 이걸 어쩌랴. 그 시각에 하필이면 뚝 끊겼던 주문전화가 폭주할 줄이야. 하필 우리가 야구장으로 달려가는 와중에 안정환 선수가 승리를 뒤집는 추가골까지 넣어버린 것이다.

응원과 즐거움의 메카, 사직! 하지만 태춘 씨와 나는 더 이상 거리응원에 나설 수 없었다. 강팀인 프랑스와의 경기도, 오프사이드의 오심 때문에 온 국민을 열받게 한 스위스 경기마저도 우리는 식당 앞에서 지켜봐야 했다. 그렇게 우리 아버지 태춘 씨는 '큰 봄'을 맞기를 기대했지만 내가 고교를 졸업할 때까지 긴 겨울만 맞이했다. 아버지에게 봄이 미래이듯이 내게도 봄이 와야 이름처럼 광택이 나도 날 터였다. 박광택. 하지만 아직 내게 빛은 보이지 않는다. 그래서 늘 드라이버만 만지작거리며 지내는지 모른다. 그러나 나는 알고 있다. 별은 스스로 빛난다는 것을. 나의 노력 없이 누군가 빛을 비춰주기를 기다린다는 것은 얼마나 어리석은 짓인가. 그래서 나는 과감하게 이곳을 떠나려 한다. 나의 모든 삶의 기원, 사직. 내 삶의 진화를 체험한 갈라파고스 같은 곳. 이제 곧 나는 나를 다른 곳에서 실험하게 될 것이다.

자신의 부모를 바꿀 순 없지만 자신을 바꿀 수 있는 길은 공부밖에 없다. 이것이 드라이버를 쥔 채 고민하던 내가 내린 결론이다. 더 이상 미루었다가는 질주 중인 자본주의 체제에 짐짝처럼 실려 떠밀리고 말 것이다. 엄마, 아무래도 지금 당장 스페인의 그 유명한 셰프 엘불리를 만나러 가야겠어. 조 여사는 내 말을 듣는 둥 마는 둥 했다. 엄마도 그랬잖아, 아무리 귀한 냉이도 봄이 가면 그저 잡초에 불과하다고. 그게 지금 급한 건 아니잖아, 지금 급한 건 배달이라고! 조 여사는 내 말을 단칼에 잘라버렸다. 진지함을 묵사발로 만든 조 여사가 서운했다. 그 바람에 유리에게 전화를 하지 않을 수 없었다. 역시 유리는 달랐다. 배달이고 뭐고 당장 비행기 티켓부터 끊어! 너, 내가 영영 돌아오지 않으면 어쩌려구 그래? 내가 놀라 물었다. 넌 내게 돌아오게 돼 있어. 어째서? 내게 돌아오지 않으면 안 되니까. 그 말을 듣는 순간 난 결심했다. 내일 당장 이곳을 떠나리라고.

이꿍이꿍
쩌꿍쩌리꿍

동래 정씨 2세조에 얽힌
화지산 전설에 부쳐

할머니한테서 고양이 울음소리가 난 것
은 언제부터일까. 내 가슴에서 말발굽 소리가 난 다음부터일
까. 아니면 그 이전일까. 아무튼, 할머니는 잠이 들면 야옹야
옹 하는 야릇한 소리를 냈다. 그 소리를 들을 때마다 할머니
가 고양이로 변해버리는 게 아닌가 걱정이었다. 그런 생각을
깊게 만드는 건 할머니가 몸마저 고양이처럼 웅크리고 잠든
다는 점이었다. 누구는 허허벌판을 내달리는 말발굽 소리 때
문에 죽을 판인데, 할머니마저 고양이로 둔갑할 지경이니 미
치고 팔짝 뛸 지경이었다. 그러니 자연 한밤중에 깨어 밖으로
나설 수밖에.

대청마루로 나서면 제일 먼저 눈길이 가는 곳은 액자였다.

바람벽에 걸린 낡은 액자 속 초상화는 세월에 바랜 탓인지 흐릿하기 짝이 없었다. 덕분에 나는 할머니나 어머니의 어린 시절 모습이겠거니 하고 말았다. 헌데, 근래 들어 특이한 점은 얼굴의 윤곽이 조금씩 달라진다는 것이었다. 시간이 흐를수록 사진 속 얼굴도 나이를 먹는다고나 할까. 어린 티가 물씬 풍기던 얼굴은 점점 성숙한 여인으로 변해갔다. 참다못한 내가 어느 날 물었다. 할머니, 저 액자 속의 주인공이 누구예요? 할머니의 대답은 '완벽한 횡설수설'이었다. 때가 되면 저절로 알게 된다. 하긴, 할머니가 그딴 식으로 얼버무린 대답이 한둘이 아니다. 그러니 물을수록 집 전체가 '신비로 똘똘 뭉친 덩어리'로 둔갑할 지경이다.

묵만 해도 그렇다. 집에서 묵을 만드는 걸 본 적이 없다. 그렇다고 묵의 재료인 도토리를 구해 오는 것도 못 봤다. 그런데도 할머니는 시장통에서 줄기차게 묵을 판다. 손님들은 하나같이 할머니의 묵은 이 세상에서 맛볼 수 없는 기이한 맛이 난다고 한다. 그렇게 신비한 묵 장사를 하는 위인이니 내 어미와 아비는 심저궁에 있다는 황당한 얘기도 할 수 있었을 것이다. 어쨌든 그런 횡설수설 덕분에 할머니와 나의 진지한 대화는 자연스레 끊기고 말았다. 할머니와 얘기를 나눈다는 것은 '빵상아줌마'와 '빵찡콩짱킹뽕짱' 하는 것과 같았으니까.

할머니와의 대화를 다시 잇게 된 게 바로 말발굽 소리였다. 문제는 내 가슴에서 울리는 그 소리를 할머니가 먼저 들었다는 점이었다. 며칠 전 내가 가위눌림에 눈을 떴을 때, 할머니는 어둠 속에서 물끄러미 나를 내려다보고 있었다. 혹시 할머니도 들었어요, 그 소리? 그럼, 아주 똑똑히 들었지. 그나저나 너, 이번 시험이 몇 번째냐? 나는 얼떨한 표정으로 횟수를 헤아려 봤다. 아마 108번째쯤 될걸요. 그러자 할머니는 진중한 표정으로 되뇌었다. 108이라… 이제 때가 이른 모양이군, 하며 혼자 구시렁거렸다. 때가 이르다니 그게 무슨 말이에요, 할머니? 응, 그건 네가 인간 세상으로 달려갈 준비가 되었다는 뜻이지. 그러더니 할머니는 주섬주섬 옷을 챙겨 입기 시작했다. 시장으로 나서기에는 이른 시각이라 물었다. 아니, 꼭두새벽인데 어디 가시려구요? 묵! 네? 묵이라고. 선문답 같은 할머니의 말에 나는 어이가 없었다. 묵이라니. 이게 더 이상 묻지 말고 침묵하라는 말인가 뭔가. 묵 때문에 어쩌면 손자의 장래가 108번째 묵사발이 되었는지도 모르는데, 떠그랄.

할머니는 부산을 떨기 시작했다. 묵을 파는 일마저 내팽개칠 정도였다. 그런 와중에도 나는 수험서와 우정을 쌓으며 지내려 노력했다. 하지만 할머니 탓에 집중이 쉽지 않았다. 오늘도 마찬가지였다. 집중력은 그야말로 '꽝'이었다. 이러다간 109번째 시험마저 고배를 마시는 건 아닐까 은근히 걱정이었다. 도서관에서 돌아왔을 때, 집은 고요 속에 잠겨 있었다. 나는 대청마루 앞에 서서 할머니부터 불렀다. 응, 왜 그러냐? 할머니의 대답이 먼 곳의 메아리처럼 울려왔다. 주위를 두리번거렸지만 할머니는 보이지 않았다. 할머니, 지금 어디세요? 응, 볼일이 있어 방장산에 왔지. 방장산이라구요? 그럼 지리산에서 대답하시는 거란 말이에요? 그럼, 늙은이가 거짓말해서 뭐하게? 아무튼 지금 막 출발했으니 잠시만 기다리렴. 듣고 있던 나는 어이가 없었다. 부산이 지리산 옆에 붙은 동산도 아니고 기다리라니. 이게 저녁 굶고 아침밥을 해주겠다는 소리가 아니고 뭐람. 그렇게 투덜거리던 나는 이내 눈을 홉뜨고 말았다. 흐릿하기만 하던 액자 속 여인의 모습이 선명하게 변해 있었던 것이다. 그 모습은 마치 개량한복을 입은 '짝퉁' 선녀나 다름없었다.

할머니가 나타난 건 초상화 앞에서 눈을 비비고 있을 때였다. 정말 도인처럼 축지법이라도 쓴 모양인지 할머니는 숨을 마구 헐떡였다. 하이고, 이젠 나도 갈 때가 된 모양이다, 고작 거기 갔다가 오는데도 이리 힘드니 말이다. 할머니는 사실임을 입증하듯이 한동안 가슴을 어루만지며 거친 숨소리까지 토해댔다. 하지만 그것보다 더 궁금한 게 있었으므로 어쩔 수 없었다. 그나저나 할머니, 저 사람은 도대체 누구야? 내가 턱짓으로 액자를 가리키며 물었다. 때가 되면 알게 된다고 했잖냐,

얼른 씻고 밥 먹을 준비나 하거라. 할머니는 대청마루로 홀쩍 올라섰다. 묵, 묵 하고 말한다고 해결될 일이 아니에요, 저 사람은 할머니도 어머니도 아니니까. 그래도 할머니는 묵묵부답인 채 부엌으로 내빼기 바빴다.

그날 밤이었을 것이다. 잠결에 '이꿍이꿍 쩌꿍쩌리꿍' 어쩌고저쩌고 하는 이상야릇한 웅얼거림이 들렸다. 나는 이게 무슨 소리인가 싶어 눈을 떴다. 할머니는 내가 깬 것도 모른 채 주문을 외우면서 팔다리까지 버르적거리고 있었다. 할머니, 지금 뭐하는 거예요? 으응, 그냥 입계경 좀 외우고 있었다. 입계경요? 그래, 하도 외운 지 오래라 가물가물해서 말이지. 나는 어이가 없었다. 하지만 할머니의 태도는 진지하기만 했다. 해서 내가 이기죽거리며 되물었다. 그래, 입계경은 외워서 뭐하시게요? 뭐하긴, 돌아가려면 난관이 어디 한둘이어야지. 그러고는 다시 이꿍이꿍 쩌꿍쩌리꿍 주문을 외기 시작했다.

할머니가 고양이로 변한 건 다음 날이었다. 문제는 할머니가 영영 숨을 멈춰버렸다는 거였다. 한마디 유언도 없이 홀쩍 떠나다니. 그 바람에 나는 눈물만 흘리는 짐승으로 둔갑해버린 것같이 한동안 우두커니 앉아 있었다. 그때였다. 낡은 대문이 삐걱, 열리는 소리가 났다. 무슨 일인가 싶어 나는 밖으로 나섰다. 마루 앞에 웬 낯선 여인 하나가 서 있었다. 할머니

탓에 내가 헛것을 봤나 싶었다. 사람을 그렇게 멀뚱하게 보고 있으면 대체 할머니 초상은 언제 치를 셈이에요? 여자는 첫마디부터 가관이었다. 아니, 우리 할머니를 댁이 어떻게 알고 찾아왔어요? 여자는 내 물음에 대꾸도 없이 대청마루 위로 올라섰다. 그제야 나는 알아차렸다. 그녀가 바로 액자 속의 여인임을.

여자는 고양이 앞에서 예를 갖추었다. 그런 후 뭐라고 방언 같은 말을 웅얼거리더니 가져온 보자기를 풀었다. 보자기에는 망자에게 입힐 수의가 들어 있었다. 뭐해요? 얼른 모종삽이라도 하나 챙기세요, 날씨가 흐리니 서두르지 않으면 곤란한 일이 벌어질 수도 있어요. 그녀는 고양이를 조심스레 보자기에 다시 싸더니 무릎을 세웠다. 여자가 향하는 곳은 화지산이었다. 여자는 한 치의 머뭇거림도 없이 배롱나무를 지나 숲으로 향했다. 사위는 몰려온 구름덩이로 인해 어둑했다. 금세라도 빗방울을 떨어뜨릴 기세였다. 숲속 깊이 들어간 그녀는 잠시 주위를 두리번거리기 시작했다. 괴석암 옆의 '출자(出)형' 상수리나무라, 그럼 여기가 맞는 것 같네. 어서 파세요, 출입구가 닫히기 전에. 여자의 말에는 묘한 기운이 서려 있었다. 나는 여자가 시키는 대로 흙을 파지 않을 수 없었다.

남의 산에 불법매장은 법에 저촉된다는 거 알고 있기나 해요? 할머니의 봉분까지 다 매듭지은 후 내가 물었다. 그러자 여자가 되쏘았다. 그럼 물어볼게요, 우리가 여기 무엇을 묻었죠? 그야 당연히 고양이죠. 그럼 됐네요. 하긴 그녀의 말이 틀린 건 아니었다. 우린 할머니가 아닌 고양이를 묻었으니까. 그 때였다. 무덤이 움직이는 것 같더니 묻은 고양이가 밖으로 튀어나왔다. 하지만 여자는 짐작하고 있었다는 듯이 태연히 말했다. 아무래도 할머니를 알아보지 못하나 봐요, 다시 파야겠어요. 여자가 서둘렀으므로 나 또한 작업에 동참하지 않을 수 없었다. 헌데 그게 끝이 아니었다. 고양이가 다시 허공으로 튕겨 나왔던 것이다. 이것들이 정말 할머니를 못 알아보는 거야? 여자가 혼잣말을 하더니 아차, 이걸 깜빡했군, 하며 보자기에서 뭔가를 꺼내 들었다. 황금빛 영롱한 사발이었다. 이게 뭔가요? 뭐긴 뭐겠어요? 묵사발이죠. 금빛 묵사발을 넣고 다시 매장했다. 그런 다음 우리는 숨죽인 채 무덤의 동정을 살폈다. 다행히 고양이는 더 이상 튕겨 나오지 않았다. 이제 할머니를 알아본 모양이네요. 여자도 그제야 안도의 한숨을 내몰며 말했다. 그런 후 여자는 종종걸음으로 산을 내려가기 시작했다. 나도 덩달아 그녀 뒤를 밟았다. 등 뒤에서 벼락 소리가 난 건 그때였다.

집에 돌아와 그녀가 먼저 들른 곳은 부엌이었다. 내가 세면을 마치고 나왔을 때 그녀는 내 앞에 밥상을 디밀었다. 시장할 테니 얼른 드세요. 그녀의 모습이 낯설었다. 숲에서의 그녀가 아닌 듯했다. 게다가 저 뚜렷한 이목구비라니? 어디 미인대회에 출전해도 '미' 정도는 당선될 듯한 '여신급'이었다. 그런 미모 덕일까. 갑자기 심장에서 말발굽 소리가 또 나기 시작했다. 근데 당신은 언제 떠나나요? 떠나긴요, 제 집을 떠나는 사람도 있나요? 여자가 살포시 웃었다. 그럼, 여기서 저랑 산단 말씀인가요? 그건 할머니가 말씀하시지 않던가요? 아뇨, 금시초문인데요. 그럼 나중에 액자라도 확인해보시든가요. 나는 당장 확인하고 싶은 마음에 냅다 대청마루로 나섰다. 눈으로 직접 보고도 믿을 수 없었다. 액자 속의 여자는 온데간데없고 갓난애 하나가 미소 짓고 있는 게 아닌가. 도대체 저 꼬마는 누구람. 그때 뒤따라 나온 여자가 묵, 하며 입술에 검지를 갖다대더니 부끄럽다는 듯이 제 얼굴을 붉혔다.

어와둥둥

　　바람 한 번 피운 적이 없는데 남편이 죽은 지 십 년 뒤에 남편의 아이를 뱄다면 누가 믿을까. 그런데도 마미는, 자신은 하늘을 우러러 한 점 부끄러움도 없다고 했다. 그러면서 후렴처럼 어김없이 당부의 말을 덧붙이곤 했다. 너는 예수나 부처처럼 귀하신 몸이니 함부로 자신의 몸을 훼손하지 말라고. 마미의 말대로라면, 난 저 우주 누군가의 영적인 힘에 의해 이 지구라는 별로 왔고, 인류를 위해 위대한 일을 해야 할 운명을 타고난 셈이다. 하지만 나의 내면 어디를 살펴봐도 예수나 부처처럼 베풀 사랑이나 자비도 간직하지 못했다. 간직했더라면 여친이 '냉정한 시키'라고 악담을 퍼부으면서 떠나지 않았을 테니까. 설령, 마미의 말처럼 절대자의 뜻으로 가난한 성씨 집안의 외동으로 태어나게 했다고 치자. 그러면 30

년 가까이 된 지금쯤은 자신의 계시를 드러내는 것이 옳은 일이 아닌가. 그런데도 아직 수험서만 뒤적거리게 하고 있으니 어찌 믿을 수 있을까. 그래서 난 확신하고 있다. 마미가 자신의 바람기를 합리화하기 위해 나를 속인 것이라고.

그렇게 하나밖에 없는 자식에게 턱도 없는 구라를 치던 마미에게 일이 터지고 말았다. 뜻하지 않은 사고를 당한 것이다. 병명은 대퇴부 골절상. 사실, 마미는 외동아들인 이 몸을 위해 불철주야로 불고기 식당에서 주방 일을 수행하던 중이었다. 그런데 하루는 설거지를 끝내고 서둘러 퇴근하기 위해 그릇을 첩첩이 쌓은 채 주방으로 내달리다가 바닥에 놓인 불판을 보지 못하고 밟고 말았다. 그 바람에 마미는 엉덩이살을 아직 식지 않은 석쇠 위에 무서운 속도로 주저앉혔고, 그 여파로 대퇴부에 금이 가고 심지어 뼛조각까지 끄집어내야 하는 대수술을 받아야 했던 것이다.

마미의 소식을 들은 나는 놀란 가슴을 안고 병원으로 내달렸다. 터무니없는 거짓말을 하지만 그래도 내 유일한 혈육이니까. 한데 나보다 빠른 존재가 있었으니 그가 바로 식당 단골손님 박 씨였다. 박 씨는 건축업에 종사하는 홀아비로 일찍부터 마미를 마음에 두고 있었던 모양이다. 박 씨는 뻑하면 인부를 떼로 몰고 와 비싼 소고기를 시켜 먹곤 했다. 간혹 식당 주인이 연말이나 단체 손님이 올 때면 나를 파출부처럼 호출해 일을 시키곤 했는데, 그때도 밤늦게까지 죽치고 앉아 있던 이가 박 씨였다. 그런 박 씨였으니 음료수 한 박스를 쥔 채 나보다 먼저 병원으로 달려왔다고 해서 놀랄 일은 아니었다. 다만 마미가 박 씨에 대해 무심하다는 게 문제라면 문제였을 뿐.

박 씨는 짬만 나면 병원을 들락거렸다. 처음에 나는 그를 은근히 경계했다. 그런데 한두 마디 입을 섞다 보니 흥부처럼 후덕한 마음씨를 가진 위인임을 알 수 있었다. 문제는 마미의 수술과 입원기간이 길어지면서 졸지에 우리 가족의 생계 또한 궁지에 몰렸다는 것이다. 그러니 도저히 수험서만 들여다보고 있을 수 없어 하루는 병원 벤치에 앉아 박 씨에게 그만 속내를 내비치고 말았다. 박 씨는 기다렸다는 듯이 선뜻 '박씨'를 물어다 주는 호의를 베풀었다. 뭐 별거 없다카이. 그냥 계곡 주변 정리 정도라고 생각하몬 돼. 일도 그렇게 어렵지 않고 일당도 불고깃집의 두 배라니 망설일 필요가 없었다. 해서 당장 출근하겠다고 약속하고 말았다.

다음 날, 박 씨가 일러준 대로 작업현장을 찾아갔다. 광선대 일대 하천정비공사. 현장은 생각보다 규모가 컸다. 박 씨가 책임자임을 알자 갑자기 그이가 달라 보였다. 포클레인은 벌써 계곡 안에서 으르렁거리며 작업 중이었다. 포클레인이 무거운 바위를 들어 조적공에게 건네면 조적공은 돌의 모양에 따라 위치를 선정해 계곡 양쪽 축대를 자연석으로 쌓는 일인 모양이었다. 그러니 초보자인 내가 할 일은 그저 박 씨의 말대로 계곡에 흩어진 쓰레기를 주워 모으거나 시키는 대로 현장의 잔일거리나 심부름을 하면 끝이었다. 나는 하릴없는 사람처럼 계곡을 돌아다니면서 페트병이나 짜부라진 맥주 캔, 혹은 찢어진 검정 비닐봉투 등을 부지런히 찾아다녔다. 그러던 중, 바위틈에 끼어 있는 생수병을 발견했다. 일당을 생각해 성실함을 보이려 손을 내미는 순간이었다. 온몸이 부르르 떨려왔다. 마치 전기충격이라도 받은 것 같았다. 이게 무슨 일이지? 주위를 둘러보았지만 계곡 안으로 전류가 흐를 일이 없어 보였다. 그런데 뭐가 몸을 이렇게 반응하게 만드는 것이지? 다시금 조심스레 손을 내밀어보았다. 그랬더니 역시 팔뚝이 부르르 떨리는 것이었다. 그 바람에 돌 사이에 긴 생수병을 포기하고 돌아서지 않을 수 없었다.

하얀 반점들을 발견한 건 샤워를 하기 위해 알몸으로 거울 앞에 섰을 때였다. 팔뚝뿐만 아니라 온몸 곳곳에 하얀 반점들이 돋아나 있었던 것이다. 이게 뭐지? 얼룩의 정체를 알고 싶어 거울 앞으로 바투 다가섰다. 반점들은 마치 여름 하늘의 구름송이를 옮겨다 놓은 것처럼 무늬가 다양했다. 그렇다고 가렵다는 느낌도 없었고 아무런 증세도 없었다. 그렇다면 오염

된 쓰레기를 온종일 만진 것이 피부 알레르기 반응을 일으킨 것일까. 그럴 만도 했다. 나야말로 지금껏 궂은일을 직접 해본 적이 없으니까. 해서 바디 클렌저까지 양껏 샤워 타올에 풀어 온몸을 박박 문질러댔다. 하지만 하얀 반점들은 지워지지 않았다. 혹시? 그제야 이상한 돌 생각이 났다.

저녁에 마미의 병실을 찾았을 때에는 돌 생각마저 잊고 말았다. 한데 마미가 내 팔뚝에 돋은 흰 반점들을 보자 기다렸다는 듯이 내 손을 꼭 부여잡는 것이 아닌가. 난 또 무슨 말을 하려나 싶어 은근히 걱정이 됐다. 애야, 사실은 말이다. 네게 아직 말하지 못한 비밀이 있단다. 그 말을 듣는 순간 나는 역시, 하고 무릎을 치지 않을 수 없었다. 마미가 숨긴 비밀이야 뻔할 터였다. 지금껏 숨겨놓은 내 출생의 비밀을 자백하거나 아니면, 박 씨와 난 그렇고 그런 사이란다 하는 고백 정도겠지. 한데 마미의 입에서 튀어나온 말은 엉뚱해도 너무 엉뚱했다. 네가 잘 몰라서 그러는데 사실 엄마는 선녀였단다, 너를 지금까지 보살피는 임무로 지상에 내려왔고. 아, 마미. 제발 그따위 개나 물어갈 거짓말 좀 하지 마세요. 이제 저도 어린아이가 아니잖아요, 하고 소리라도 치고 싶었다. 하지만 병상에 누운 마미에게 매몰찬 말을 내뱉을 순 없었다. 해서 내 입에서 나온 말은 고작 이거였다. 어머니, 그냥 딴생각 좀 하지 말고 푹 쉬기나 하세요!

집에 돌아와 모처럼 잡티 하나 없는 꿀잠을 잤다. 덕분에 아침에 눈을 떴을 때에는 콧소리마저 절로 터져 나올 지경이었다. 출근을 위해 서둘러 욕실로 들어섰다. 그러고는 혹시 밤사이에 반점이 가라앉기라도 했나 싶어 거울 속의 몸을 살폈다. 반점들은 여전했다. 다만 다른 점이 있다면 그 크기가 커졌고 깊이 또한 심해졌다고나 할까. 특히 심장 주변의 반점들은 서로 엉켜 마치 커다란 구름송이를 가슴 위에 얹어놓은 것만 같았다. 이러다간 내일쯤이면 사람이 구름으로 변하는 건 아냐? 하지만 나는 이내 킥킥거리고 말았다. 불길함이 되살아난 건 현관문 앞에 섰을 때였다. 옷매무새를 다듬으려 거울을 보는 순간 까만 눈동자가 초승달처럼 변해 있는 것이 아닌가. 어, 눈이 왜 이렇게 된 거지? 이대로라면 작업장이 아니라 병원으로 가야 하는 건 아닐까, 잠시 망설였다. 하지만 시력은 멀쩡했고 모처럼 얻은 일자리를 하루 만에 포기할 수 없었다. 아니, 어쩌면 현장행을 결심한 것은 그 이상한 돌의 정체를 파악하고 싶어서였는지 모르겠다.

자넨 시방 여게 일하러 왔나, 신선놀음 왔나? 박 씨가 나를 보자마자 흰소리를 쳤다. 딴에는 막일하러 온 주제에 선글라스를 끼고 나타난 게 영 마음에 걸리는 모양이었다. 눈에 뭐가 나서 그래요, 작업엔 전혀 지장 없으니까 그런 건 전혀 걱정하진 마시고요. 그 말을 끝으로 난 지렛대를 챙겨 돌이 있던 자리로 향했다. 그러자 박 씨가 뒤에서 걱정스레 혀끝을 찼다. 허, 이거. 조적공 신사 한 분 탄생하셨구먼. 그러거나 말거나 나는 돌을 향해 걸었다. 돌은 어제 그 자리에 그대로 있었다. 가까이 가서 우선 면장갑부터 찾아 꼈다. 그런 다음 요리조리 돌아가며 돌의 모양새를 다시금 살폈다. 그러던 중 일반 자연석과 다른 점을 발견했다. 하단부 모서리가 깨지긴 했지만 그건 분명 인위적인 흔적이 남아 있는 돌이었던 것이다. 뭐랄까, 새의 날개 무늬 같은 거랄까. 아니, 구름의 문양? 아무튼 뭔가 예사롭지 않아 보이는 돌임이 분명했다. 자료에 의하면 이곳 일대를 광선대라 부르게 된 것도 지형상 푸른 바다와 영도의 봉래산이 보이는 풍광이며 펑퍼짐하게 생긴 형세가 신선이 내려와 노닐던 곳이라는 전설 때문이라지 않던가. 그런 연유로 진시황 때 서불(혹은 서시라 부르기도 함)이 불로초를 찾아 이곳까지 다녀갔고. 그가 남긴 서시과차(徐市過此)라는 표지석이 불과 얼마 전까지만 해도 길 옆에 서 있었다고 하잖은가. 그렇다면 이 돌은 필시 그들과 연관된 것인지 모른다. 신선들이 이 계곡에서 천도복숭아를 씻어 먹고 멱을 감았을 것이니까.

파묻힌 돌을 들어 올리는 건 생각보다 어려웠다. 흔들리긴 하는데 그 자리에 버티고 주저앉은 게 영락없이 사람의 인

내심을 시험하는 꼴이었다. 그래서 더더욱 오기로 덤벼들 수밖에. 매달리길 얼마나 했을까. 드디어 묻힌 바닥까지 드러난 순간 어디선가 향내 비슷한 냄새가 풍겼다. 난 재빨리 냄새의 진원지를 찾기 위해 주위를 두리번거렸다. 하지만 주위는 온통 하얀 구름으로 뒤덮여 동서남북을 분간할 수 없을 지경이었다.

그때였다. 눈앞으로 오색구름 같은 것이 솟아오르는가 싶더니 호통 소리가 났다. 역시 때가 되니 알아서 잘 찾아오는구나, 이놈아! 옷자락은 구름처럼 바느질 흔적이 보이지 않았고 얼굴의 수염은 하얀 수초처럼 나풀거렸다. 노인은 뉘신데 초면에 다짜고짜 놈이라 부르세요? 어허허, 이놈이 정말 정신을 차리지 못했구먼. 이놈 환천성! 환천성이라니요? 내 이름은 성환성인데요? 이놈 보게, 인간계에 온 지 얼마나 되었다고 친구 얼굴까지 까맣게 잊어먹다니! 말이 끝나기 무섭게 노인은 쥐고 있던 지팡이로 내가 파놓은 돌을 쳤다. 그러자 눈앞에 낯선 세계가 펼쳐졌다. 물개구름이 두둥실 떠 있고 그 구름 위에는 수염을 늘어뜨린 노인이 타고 있었다. 어떤 노인들은 학을 어깨에 태운 채 환하게 웃고 있었고 어떤 이는 오색찬란한 꽃들이 만발한 나무 아래서 바둑을 두고 있기도 했다. 이곳이 도대체 어디예요? 자네가 살던 곳이지, 어디겠는가. 내가 살던 곳이었다고요? 노인이 고개를 끄덕여 보였다. 그러고 보니 전혀 낯선 곳이 아니란 생각이 들었다. 도화 핀 골짜기와 그 옆의 오두막. 그 집에는 둘도 없이 마음이 통했던 친구 자미성이 살았었다. 그럼 혹시 자네가 자미성? 허허, 이제 생각나는 모양이구먼. 그제야 모든 일이 오롯이 생각났다. 선녀를 너무 흠모하자 상제가 질투하여 두 사람을 갈라놓은 일이며, 자신이 선녀를 따라 인간계로 내려온 사실을. 그제야 선녀의 행방이 궁금했다. 혹시 자네 선녀가 어딨는지 아는가? 그건 자네 하기 나름이지. 내 하기 나름이라니? 생각해보게, 절간의 스님이나 성당의 신부가 자신을 위해 기도하던가? 그렇다면? 그렇네, 사랑을 베풀 때마다 사랑이 점점 가까이 다가오는 법이지.

정신을 차렸을 때에는 그 진한 안개도 노인도 사라지고 없었다. 대신 곁에는 얼굴 가득 걱정이 엉겨 붙은 박 씨만 서 있을 뿐이었다. 혹시 싶어 돌이 있던 곳을 살폈다. 역시 이상한 돌마저 온데간데없이 사라지고 말았다. 박 씨 아저씨! 거참, 박 씨 아버지라 부르면 누가 잡아간대? 아, 농담할 생각 없다니까요. 혹시 여기 있던 돌, 어디로 치웠어요? 돌이라니, 난 자네가 보이지 않아 올라왔을 뿐인걸? 박 씨가 나보다 더 난감한 표정을 지었다.

3부

사람
따라

아리아리
아라리

정과정 공원

어둠이 두려운 것은 나아갈 곳을 알 수 없기 때문이다. 유학은 그런 어둠에서 벗어나 나아갈 길을 밝히는 학문이다. 임금 된 자는 응당 자기가 먼저 나서서 나라의 앞길을 밝혀야 하고 신하들을 통솔해 나아가야 한다. 한데 지금의 주상은 어떠한가. 학문을 멀리하면서 스스로 어둠 속에 갇히려 하지 않는가. 정서(鄭敍)는 눈을 들어 어둠이 짙어지는 대문을 또다시 바라보았다. 하지만 주상의 모습은 보이지 않았다. 이러다간 올해 안으로 책거리라도 할 수 있을까 걱정이었다. 서경이 어떤 책인가. 어진 정치를 베풀기 위한 공부 중의 공부가 아니던가. 즉위한 지 얼마나 됐다고 잔치와 격구에만 빠져 지내다니. 주상은 귀도 없단 말인가. 왜 궁궐 내에 쫙 퍼진 소문을 듣지 못한단 말인가. 그때였다. 환관 하나가 우물

쭈물 뜰로 들어섰다. 눈치를 살피는 그의 꼴에 대충 짐작이 갔다. 왜 주상은 모시지 않고 혼자 왔느냐? 나으리, 폐하께서 몸이 좋지 못하셔서…. 그런 양반이 격구까지 구경하셨다는 게냐? 전 다만 일찍 자리에 누우셔야 한다고 내전숭반께서 전하라 하시기에…. 뭐라, 내전숭반이? 예, 그러하옵니다. 정서는 어이가 없었다. 정함이 이제 폐하의 발걸음마저 막고 나서다니. 그렇지 않고서야 철석같이 약속하고 왜 오지 않는단 말인가. 정함이 이렇게까지 전횡을 일삼을 줄 몰랐다. 어릴 적부터 주상과 인연이 있었고 주상을 길러준 유모까지 아내로 삼았으니 주상의 총애를 입는 건 어쩌면 당연했다. 그랬으니 환관의 최고직인 내전숭반에까지 오르지 않았겠는가. 그렇다면 주상에게 충성을 다해야 하는 게 아닌가. 그런데 그걸 마치 제가 가진 권세처럼 날뛰다니. 가서 냉큼 이르거라, 지금 당장 주상을 뵈러 간다고!

궐내 사람들의 말에 의하면, 의종은 이미 점술과 도참설에 의지해 국정을 펼치고 있다고 했다. 한 나라의 임금이 그런 주술에 의지해 정사를 펼쳤다가는 나라를 망치기 십상이다. 정서는 그런 주상이 걱정이었다. 그는 작정한 듯 주상의 침실로 잰걸음을 쳤다. 그런데 침실에서 나오는 김존중과 맞닥뜨릴 줄이야. 아니, 아직까지 퇴청하지 않으시다니 주상에게 무슨 급한 일이라도 있소? 정서는 자신도 모르게 쏘아붙이고 말았다. 내시낭중이야말로 무슨 일로 이 야밤에 이곳까지 납시었소? 김존중도 빈정거리며 되받아쳤다. 정서는 이맛살을 사정없이 구겼다. 생각 같아서는 정함과 노닥거리는 행태를 나무라고 싶었지만 일단 참기로 했다. 일이 있으니 왔지 대감처럼 일없이 왔겠소? 어허, 말이 좀 심합니다, 주상의 이모부면 체통은 지키셔야 하는 거 아닙니까? 언제부터 대감이 주상의 친인척 관리까지 맡으셨소? 김존중이 무안한지 얼른 헛기침 몇 방을 입 밖으로 쏟았다. 정서는 그런 김존중을 실눈으로 째려보았다. 예전의 정함이 아니듯 김존중 또한 예전의 김존중이 아니었다. 김존중 또한 폐하가 어릴 적에 글자 공부를 가르친 적이 있었다. 그런 인연을 폐하가 잊지 않고 있다가 그를 높은 자리에 발탁한 것이다. 그랬더니 정함과 작당을 해 조정의 굵직한 사안들까지 자기들 입맛에 따라 농단하기 시작했다. 상황이 이렇게 변해가자 모두 경계하는 눈치들이었다. 어떤 치들은 발 빠르게 정함과 김존중한테 줄을 서기까지 했다. 주상의 침실에서는 끝없이 껄껄거리는 소리가 터져나오고 있었다.

정함과 김존중이 득세한 것은 인종의 빠른 죽음이 하나의 원인이기도 했다. 38세의 젊은 나이로 인종이 죽자 그의 아들 의종이 왕위를 이어받았다. 의종은 즉위하자마자 문벌세력과 친인척을 멀리하기 시작했다. 태자 신분으로 부친이 묘청과 이자겸의 난까지 겪는 것을 지켜봤으니 당연한 결과였는지 모른다. 문제는 그런 왕의 속내를 알고 정함과 김존중이 이를 악용한다는 거였다. 난세입니다, 이런 판국에 정습명까지 죽고 말았으니, 원. 말을 꺼낸 이는 거푸 술잔을 꺾어대던 정서의 처남 임극정이었다. 임극정은 성정이 소같이 순해 다들 믿고 따르는 양반이었다. 그런 임극정이 이 같은 넋두리까지 내뱉는다는 건 그 정도로 조정의 기류가 묘하게 흘러가고 있다는 증좌였다. 그러게 말일세, 그렇다고 정습명이 자진까지 하다니 이런 변고가 또 있나. 정서가 화답했다. 이 모든 건 주상의 잘못입니다, 갸륵한 충신의 뜻을 헤아리기는커녕 모리배말만 들었으니 말입니다. 임극정이 다시 말했다. 그게 어디 주상 탓인가, 정함과 김존중 같은 놈들 때문이지. 정함 무리들이나라를 망치기 전에 바로잡아야 되지 않겠어요? 안 그래도 오늘 주상을 찾아갔었다네, 그런데 당최 들으려 하지 않으니 어쩌겠나. 정서의 입에서 자신도 모르게 한숨이 터져 나왔다.

사실 정습명이야말로 장소를 불문하고 의종에게 직언을 서슴지 않았던 충신 중의 충신이었다. 인종 또한 습명의 그런 강직함을 알았기에 숨을 거두기 전에 부탁했을 것이다. 의종이어진 임금이 될 수 있도록 도와달라고 말이다. 의종도 이런 부친의 뜻을 알고 즉위 초까지는 습명과 함께 국정을 의논하곤했었다. 하지만 시간이 흐를수록 의종은 슬슬 습명을 피하기 시작했다. 피곤할 정도로 고언이 쏟아졌기 때문이다. 이를 알아챈 정함 일당은 주상과 습명 사이를 이간질해댔다. 견디다 못한 습명이 병을 핑계로 사직을 청하고 말았다. 그러자 주상은 습명이 물러나기를 기다렸다는 듯이 그 자리에 김존중을 앉혀버렸다. 그러니 충신이 할 일이 무엇이 있겠는가. 살아 있는 것만으로도 누를 끼치는 일이라면 기꺼이 없어져주겠다며 자진해버린 것이다.

주안상에 둘러앉은 이는 정서와 임극정 외에도 한 사람이 더 있었다. 바로 대령후 경이었다. 경은 부러 대화에 끼지 않으려고 두 눈을 감은 채 잠자코 있었다. 괜히 자신의 생각을 피력했다가 형에게 누가 될 수 있기 때문이었다. 형이 태자일 때 왕위 계승 문제가 불거진 적이 있었다. 형의 게으른 공부와 놀기 좋아하는 성품 탓이었다. 모친 공예왕후는 화가 난 나머지 차남인 경에게 왕위를 넘겨야 한다면서 부친 인종을 설득하고 나섰다. 하지만 인종과 정습명의 반대에 부딪쳐 무산되고 말았다. 하마터면 왕위를 물려받을 수 없었을지도 몰랐기에 마음먹기에 따라 형이 자신의 목을 칠 수도 있었다. 그러니 대령후 경으로서는 몸가짐을 신중히 하지 않을 수 없었다. 그런데도 이 자리에까지 오게 된 것은 모친 때문이었다. 모친이 하나밖에 없는 여동생 생일에 어찌 가만있겠냐면서 선물 꾸러미를 안기며 그의 등을 떠민 것이다.

대령후 경과 같이 정서도 난감하긴 매한가지였다. 공예왕후까지 대령후를 축하사절단으로 보내주니 이에 걸맞은 격식을 갖추지 않을 수 없었다. 그 바람에 악공까지 부르지 않았던가. 물론 악공을 부른 것은 아내보다는 대령후를 위한 마음이 컸다. 대령후의 경우 거의 바깥출입이 없었으니 이모부로서 기쁘게 해주고 싶었던 것이다. 서둘러 마련한 잔치였지만 흠잡을 데는 없었다. 그랬는데 밤이 깊어지면서 하나둘 자리를 뜨자 기다렸다는 듯이 임극정이 시국을 술상 위에 올려놓은 것이다. 그 바람에 그는 계속 대령후의 눈치를 살피지 않을 수가 없었다. 다행히 대령후는 좌선에 든 스님처럼 묵묵히 앉아 있었다.

정서가 매형 이작승을 맞이한 것은 그로부터 며칠 뒤였다. 그날따라 감기 기운도 있고 해서 일찍 내시원을 나와 집에서 쉬고 있던 터였다. 그런데 이작승이 허겁지겁 달려와 하는 말이 그의 눈을 화등잔만 하게 만들고 말았다. 도대체 무슨 잘못을 했다고 어사대에서 자신을 조사한단 말인가. 조사한다는 내용도 믿어지지 않았다. 대령후 경을 왕으로 추대하려고 역모를 꾸몄다니. 그 바람에 자신도 모르게 언성이 높아졌다. 아니, 도대체 누가 그런 있지도 않은 말을 했답디까? 산원 정수개가 주상에게 직접 아뢰었다는구먼. 정수개라니, 저와는 교

분도 없는 사람이 무슨 억하심정이 있어 반역죄로 몰았단 말입니까? 글쎄, 나도 그게 수상해서 처남을 찾아온 길일세. 수상하다면 그 자신마저 축출하려고 모의를 했단 말인가. 정수개야말로 정함과 한 집안 사람이니 필시 그런 일을 꾸몄을 수도 있었다. 그런 생각을 하자 정서의 턱이 부르르 떨리고 어금니에 힘이 절로 실렸다.

다행히 반란을 꾀하지 않은 것이 밝혀졌다. 죄 없는 사람을 모함한 정수개는 얼굴에 문신을 새겨 넣는 형을 받은 후 흑산도로 유배까지 가야 했다. 하지만 뒤에서 조종한 정함은 잘못을 뉘우치기는커녕 되레 외척과 조정 신하들이 정서와 대령후의 집을 수시로 들락거렸으므로 틀린 말이 아니라고 항변했다. 그러면서 사태가 이상하게 꼬이고 말았다. 하긴 정함조차도 일이 꼬일 줄은 예상치 못했을 것이다. 그는 단지 '서대 사건'에서 촉발된 분을 어떻게 좀 풀어볼까 하고 저지른 일일 수도 있었다.

서대 사건이란 간추리면 대충 이러하다. 의종이 왕비를 궁주로 승격시키고 축하연을 벌인 적이 있었다. 그때 신하들이 잔치에 참석하려고 나가다가 정함의 모습을 보고 놀랐다. 의종으로부터 하사받은 서대를 허리에 차고 있었던 것이다. 내시승반 주제에 서대까지 한 것을 보자 관료들이 호통을 쳤다.

그런데 의종은 그런 정함을 나무라기는커녕 잔치가 파한 후 차고 있던 서대를 다시 정함에게 선물로 하사해버린 것이다. 뿐만 아니라 정함을 어사대 관료로 승진까지 시켰다. 그러자 조정의 신하들이 환관 중에 그런 직책을 맡은 이는 없다며 들고일어났다. 결국 주상도 마지못해 어명을 거두기는 했다. 하지만 보복할 기회를 노리고 있던 정함은 생일잔치 모임을 빌미로 정수개를 꼬드기고 말았던 것이다.

사태는 그렇게 매듭이 지어지는 듯했다. 그런데 5월이 되면서 다시 불거지고 말았다. 질서 문란의 책임을 정서에게도 물어야 한다는 상소 때문이었다. 상소문이 올라오자 때를 기다렸다는 듯이 김존중이 나섰다. 여기에 김존중과 정함에게 줄을 대던 신하들까지 가세했다. 조정이 들끓으니 주상으로서는 고민이었다. 반역을 꾸미지 않았으므로 죄를 물을 수 없었지만 그렇다고 신하들의 호소를 그냥 무시할 수도 없었던 것이다. 주상은 마지못해 저간의 일을 다시 세세히 조사해 올리라고 명했다. 임금의 명령이 떨어지기 무섭게 병부의 군졸들이 정서의 집으로 들이닥쳤다. 누명을 벗어 안심하고 있던 정서에게는 그야말로 아닌 밤중의 홍두깨인 셈이었다. 누가 시켰느냐? 정함이 나를 잡아오라고 시키더냐? 아니면 김존중이냐? 할 말은 병부에 가서 하시오, 우리는 그저 어명을 받들 뿐이오. 정서는 가족 앞에서 꼼짝없이 오랏줄에 묶여 압송당하는 처지가 되고 말았다.

　병부에는 이미 대령후 경을 모시던 사람들이 줄줄이 굴비두름이 되어 있었다. 그 속에는 악공도 끼어 있었다. 악공은 벌써 태형을 당한 후인지 아랫도리에 핏자국이 흥건했다. 음악이 좋아 악기를 타고 노래가 좋아 자리에 앉아 흥을 북돋웠을 뿐인데 그것이 죄가 되어 매를 맞고 유배까지 당하게 되었다. 물론 그런 억울함은 정서도 매한가지였다. 곤장 100대와 함께 동래 유배령이 떨어졌으니 말이다. 폐하! 이건 너무 억울하오이다. 정함과 김존중이 나를 모함하여 참언한 것입니다. 통촉하여주소서! 하지만 주상으로부터는 아무 말이 없었다. 정서는 형틀에 묶여 곤장을 맞다가 그만 의식을 잃고 말았다.

　정신이 좀 드시옵니까? 정신을 차렸을 때에는 방 안이었다. 부인 장흥임씨는 얼마나 울었던지 얼굴이 눈물범벅이었다. 부인, 대령후는 어찌 되었소? 대령후가 사는 집만 없애는 것으로 일단락 지었답니다. 그제야 그는 안도의 숨을 내쉴 수 있었다. 혹여 대령후의 목이라도 날아갔다면 저승에 가서 동서 인종을 어찌 본단 말인가. 그러니 관직을 갖고 있던 처남과 매부들이 좌천된 것만으로도 다행이라 여기지 않을 수 없었다. 물론 좌천의 이유가 잔치에 그릇을 빌려주어 신하의 체면을 구겼다는 점, 탄핵을 알면서 부러 대궐에 들어오지 않았다는 점 등 터무

니없었지만 관직을 잃지는 않았으니까. 신하이기에 왕명을 따르는 것은 당연한 법. 그것이 충이지 않은가. 그는 주상의 명을 받들기로 했다. 더군다나 주상이 직접 지금은 조정이 시끄러워 어쩔 수 없으니 잠시 가서 있으면 곧 부르겠다고 하지 않았는가. 그러니 아내의 말마따나 맘 편하게 요양하는 셈 치고 떠나면 될 일이었다. 더군다나 그를 모함했던 정함마저 주상이 파면했으니 그것만으로도 공정한 일처리이지 않은가.

해가 바뀌었지만 주상의 약속은 지켜지지 않았다. 파직한 정함을 주상이 다시 복직시켰기에 그의 실망감은 더욱 컸다. 하지만 그는 주상을 믿기로 했다. 궐내 사정이 여의치 않아 시일이 조금 걸릴 뿐, 주상은 약속을 어길 분이 아니니까. 그런 맘 덕분일까. 이왕 기다리는 거, 의미 있게 보내고 싶었다. 때마침 조정에서 권농책을 펼치고 있었다. 손수 땅을 개간한 사람에게는 경작권까지 인정해주고 세금까지 깎아준다니 관리로서 백성들에게 모범을 보이는 것도 좋을 듯했다. 그는 동래 정씨 문중의 양해를 얻어 강기슭의 일부를 밭으로 일구었다. 그리고 그곳의 토질에 맞추어 오이를 심었다. 그런 다음 손수 정자도 지어 과정(瓜停)이라는 이름까지 붙였다. 그렇게 하루하루를 보냈지만 밤이면 몰려오는 외로움만은 그도 어쩔 수 없었다. 그런 밤이면 그는 거문고를 친구 삼아 노래했다.

그러던 어느 해 가을이었을 것이다. 동쪽 하늘에서 때아닌 혜성이 나타났다. 불길함이 뇌리를 스쳤다. 아니나 다를까 장인 임원후가 죽었다는 비보가 날아들었다. 당장이라도 올라가서 장인의 영정 앞에서 용서를 빌고 싶었다. 사위로서 역할도 못하고 아내마저 제대로 보살피지 못한 죄가 너무 컸다. 하지만 영정 앞에 다가갈 수도 없는 몸이라 더 마음이 아팠다. 서둘러 하인을 개경으로 보내는 것으로 그의 마음을 표현할 수밖에 없었다. 하인의 손에 부인에게 보내는 편지를 쥐여주는 일 또한 잊지 않았다. 한데 한 달여 만에 돌아온 하인이 들려주는 말이 그의 가슴을 아리게 만들었다. 주상이 맨날 향락에 빠져 지낸다는 거였다. 그러니 정함 같은 모리배들이 더욱 기승을 부릴 수밖에. 오죽했으면 무인 최숙청이 횡포를 보다 못해 목을 베어버리고 싶다고 했다가 유배까지 당하고 말았을까. 그럼에도 정함은 자신의 잘못을 깨닫지 못하고 있었다. 나라의 앞일이 걱정이었다. 그가 주상의 곁에 있었다면 달라지지 않았을까. 잠이 오지 않았다. 그는 자신이 지은 노래를 부르며 거문고를 탔다. 후세 사람들이 〈정과정곡〉이라 부르는 노래였다.

내 님을 그리워하여 울며 지내나니
산 접동새와 내가 비슷합니다.
아니시며 거짓임을 아으

잔월효성이 아실 것입니다.

넋이라도 님과 함께 가고 싶습니다, 아으

뻐기던 이 뉘셨습니까?

잘못도 허물도 천만 없습니다.

뭇사람의 거짓말입니다.

슬프구나, 아으

님이 하마 나를 잊으셨습니까?

아으, 임이시여! 다시 들으시어 사랑해 주소서.

그렇게 유배지에서 보낸 세월도 어언 6년째. 하지만 들려오
는 소문은 해괴하기 짝이 없었다. 정함 무리들이 아예 대놓고
점쟁이들까지 끌어들여 국사를 유린한다는 거였다. 점쟁이는
정월 초부터 삭풍이 불어대자 나라에 근심이 발생할 것이라며
주상의 마음을 흔들었다. 그러면서 이런 근심을 없애려면 절
에서 제사를 지내고 궁도 새로 지어야 한다고 호들갑까지 떨
어댔다. 그러자 주상은 앞뒤 가릴 것도 없이 다섯 개의 절에
제사를 지내는 한편 아우 익양후의 집을 빼앗아 궁궐을 짓기
에 이르렀다. 하지만 이건 약과였다. 점쟁이는 반란이 일어날
것이라며 그 씨앗을 지금 당장 없애야 한다고 주상을 다그치
기까지 했다. 급기야 주상은 그 말을 믿고 행동에 나섰다. 일
부러 모친 공예왕후를 절에 다녀오게 한 후 대령후 경을 천안
으로 유배시켜버린 것이다. 그럼에도 안심이 되지 않았던지 동

래에 있던 정서마저도 더 먼 거제도로 유배를 보냈다. 그는 눈물을 흘리며 새로운 유배지로 떠나지 않을 수 없었다.

그렇게 찾아온 유형의 섬, 거제도. 섬에서 그는 촌로처럼 농사를 지으며 생을 연명해야 했다. 그러는 동안에도 정함 일당의 횡포는 멈출 줄 몰랐다. 정함은 축적한 재산으로 금빛 찬란한 집을 새로 지어 경명궁이라는 편액까지 내걸었다. 사람들은 그런 화려한 건물을 보며 개가 머리를 들고 주인한테 짖어대는 형세라고 혀를 찼지만 그는 아랑곳하지 않았다. 정서는 그런 소식을 들을 때마다 절망하고 절망했다. 그렇게 세월은 속절없이 흘러갔다.

그렇게 유배생활을 한 지 19년째 되던 해였다. 머리털이 하얗게 센 늙은이가 된 정서에게 뜻밖의 소식이 날아들었다. 왕이 이곳으로 행차한다는 것이었다. 그는 그의 귀를 의심하지 않을 수 없었다. 세상에, 이 먼 곳까지 폐하께서 직접 오다니. 이것이 그간의 억울함에 대한 주상의 보답이란 말인가. 임금의 배려가 고맙고 고마웠다. 그런데 그건 그의 착각이었다. 주상이 이곳을 찾은 연유는 따로 있었다. 문신들의 횡포에 참다 못한 무신들이 들고일어나 정함과 김존중 일당을 제거하고 의종까지 거제도로 쫓아버린 것이었다. 혹시 정함은 어찌 되었는가? 개경에서 달려온 사령에게 물었다. 말해 무엇하겠습니까, 사람들이 목도 없는 시신을 천 갈래 만 갈래 찢어지도록 길거리에 끌고 다녔습지요. 정함이 목이 날아갔다지만 이상하게 허탈했다. 마치 모든 게 꿈만 같았다. 그토록 기다리던 해배령이었지만 전혀 기쁘지 않았다. 그렇게 그가 믿고 기다렸던 임금이 자리에서 쫓겨나 그보다 더 비참한 신세가 되다니. 그는 사령이 건넨 해배문서를 쥔 채 그 자리에 주저앉아 통곡하고 또 통곡했다.

정서는 개경으로 돌아왔다. 그리운 가족들을 만났고 그렇게 원하던 원상복직도 되었다. 하지만 예전의 젊은 그가 아니었고 그가 머물던 궐내가 아니었다. 무신들이 활개를 치고 있었고 새로 주상이 된 명종은 허수아비에 불과했다. 정서는 명종에게 나아가 청했다. 이제 억울함을 풀었으니 원이 없으며 나이도 있으니 물러나게 해달라고. 명종은 기꺼이 그의 청을 받아들였다. 그렇게 한가하게 노후를 보내고 있을 때, 의종의 시해 소식이 들려왔다. 거제도에 있던 의종을 김보당이 복위운동을 위해 동경(경주)으로 모셔 갔는데, 이를 안 팔척장신 이의민이 맨손으로 의종의 허리를 꺾어 죽여버렸다는 것이었다. 그렇게 의종을 살해한 것도 모자라 시신을 가마솥 안에 넣어 줄로 꽁꽁 묶은 다음 연못에 집어던져 버렸다고 했다. 그 소식을 듣는 순간 정서는 쓰러졌고 두 번 다시 일어설 수 없는 몸이 되고 말았다.

그해
사흘 동안

송공단 내
고관노철수매동효충비

　　매동은 엎드린 채로 슬며시 중앙의 단에
놓인 전패(殿牌)를 올려다보았다. 순간, 그는 마치 임금의 용
안이라도 훔쳐본 듯 재빨리 고개를 돌렸다. 그러고는 다시 걸
레질을 계속했다. 관례대로라면 넬모레가 보름이니 부사는 응
당 이곳을 찾아 향월궐배(向月闕拜)를 행할 터였다. 그러니 이
곳 객사 소제야말로 당연한 수순이었다. 하지만 이곳이 어떤
곳인가. 어전이나 다름없는 상서로운 공간이 아니던가. 그런
의미를 알기에 부사 또한 이곳 소제만큼은 애첩 금섬에게 직
접 맡기지 않았던가. 한데 무슨 생각으로 그에게 이곳 소제를
부탁한 것인지 알 수가 없었다. 혹여 이곳의 일이 떠올라서 그
랬을까.

신임 부사는 달포가 지나도록 부임하지 않았다. 성의 주문인 남문 앞에서 목을 빼던 향리들도 하나둘 작청으로 돌아갔다. 그러던 어느 날이었다. 허연 도포자락을 휘날리며 웬 사내하나가 서문으로 들어섰다. 서문을 지키던 포졸이 무슨 용무냐고 물었지만 사내는 아무런 대꾸가 없었다. 매동은 비질을 멈추고 사내의 동정을 살폈다. 그런데 사내는 한 치의 머뭇거림도 없이 객사로 향하는 것이 아닌가. 놀란 그가 달려가 사내앞을 막고 나섰다. 나으리, 외람스럽지만 향청(鄕廳)은 이쪽이아니라 아래쪽이옵니다. 알고 있다! 사내는 멈췄던 걸음을 다시 재우쳤다. 걸음새는 묵직했고 풍채는 크지 않았지만 당당했다. 매동은 재차 사내 앞을 가로막고 나섰다. 나으리! 이곳은 임금님의 전패를 모신 곳입니다. 아무나 출입할 수 없는 곳이옵니다. 어허, 이놈이 감히? 자네 이름이 무엇인가? 매동이라 하옵니다만. 매동이? 아주 영특한 놈이로고, 내 너의 이름을 잊지 않으마.

부사는 정말 매동이란 이름을 잊지 않았다. 며칠 뒤 그를 불러 일개 방노(房奴)로 하여금 시노(侍奴) 노릇을 익히는 특전까지 베풀었다. 그러니 이곳 객사의 일을 그도 어찌 잊을 수가있을까. 그새 해가 이우는지 실내가 어두웠다. 그렇다면 이제조만간 훤한 달이 떠오를 것이다. 그러면 성안의 사람들도 미뤘던 마실을 나서곤 할 터였다. 그러고 보니 그 또한 철수 형의 집을 찾은 지 오래였다. 오늘 밤 철수 형이나 찾아볼까. 그런 생각을 하자 갑자기 마음이 바빴다. 집으로 향하는데 내아의 담 너머에서 매동아, 하는 조심스러운 소리가 났다. 마님의 몸종 만개의 목소리였다. 그는 못 들은 척 부러 걸음발을 재촉했다. 잠깐만 기다려봐. 너한테 할 얘기가 있다니까! 할 얘기란 뻔했다. 부엌일을 하다가 벌어진 시시콜콜한 일이거나 아니면 애첩 금섬에 대한 험담이겠지. 그걸 알면서도 걸음을 멈춰 늦춰 잡은 것은 성가시게 집까지 쫓아올까 봐서였다. 또다시 신여로 노인의 눈에 발각되었다가는 어떤 혼뜨검을 당할지 모른다. 여로 노인이 어떤 분인가. 관노 중의 우두머리이기 이전에 어린 그와 철수 형을 자식처럼 보살펴준 분이 아니던가. 여로 노인은 늘 그에게 당부했다. 너는 우리와 씨가 다르다, 네 아비가 미쳐 날뛴 것도 억울해서 그런 것임을 한시라도 잊지 마라. 면천(免賤)! 이 얼마나 간절한 바람이던가. 아버지에겐 면천이 곧 명예 회복이었고, 뿔뿔이 흩어진 가족과 상봉하는 날이었다. 하지만 아버지에게 면천의 길은 멀고도 멀었다. 그러니 스스로 생을 마감할 수밖에. 그렇게 갈망하던 아버지의 소원을 여로 노인은 얻었다. 하지만 너무 늦은 나이에 얻었다는 게 문제였다. 이 늙은이가 성 밖에 나간들 무얼 하겠소? 그냥 하던 일이나 마저 하다가 죽도록 해주면 고맙겠소. 향리들도 그런 그의 뜻을 받아들였다. 그 바람에 지금껏 관청지기 일을 계속하고 있는 것이다. 만개가 물 항아리를 든 채 허겁지겁 달려왔다. 꼴에 또 물 긷는 핑계라도 둘러댄 모양이었다. 그녀는 주위를 두리번거리더니 재빨리 치마 속을 뒤졌다. 시장하지? 이거 나중에 너 혼자 먹어. 이거 훔친 거 아냐? 훔치긴, 너 주려고 안 먹고 아낀 건데. 너 자꾸 안채 주전부리에 손대다간 큰일 난다? 그런 건 걱정 마. 만개가 눈꼬리까지 휘어가며 환하게 웃었다. 그 모습이 그다지 싫지는 않았다. 하지만 어쩌겠는가. 그의 마음은 이미 다른 사람에게 가 있는 것을. 그는 만개가 건넨 곶감을 쥔 채 곧장 몸을 돌려세웠다.

마당으로 들어서자 갓난애 우는 소리가 났다. 매동은 부러 헛기침을 했다. 작은방 뙤창문이 열리더니 철수 형이 고개를 내밀었다. 아우가 기별도 없이 웬일인가? 그냥 잠도 안 오고 심심해서 왔죠, 뭐. 매동이 방으로 들어서자 방 한가운데에 놓인 화선지가 눈에 띄었다. 또 그림 타령이우? 이게 제일 재밌는 걸 어쩌겠나. 근데 이건 통 못 보던 그림인데? 응, 그냥 간밤에 희한한 꿈을 꿨거든. 무슨 꿈인데 사모관대를 한 양반까지 납셨다우? 낸들 그걸 알아? 혹시 형이 면천해 장영실같이 되는 꿈 예시한 거 아니우? 설마 그런 일이 있으려구. 형이 못하면 안방에 누운 저놈이 할지 그건 모르지. 그러자 철수 형이 빙긋이 웃는다. 그럴지도 모르겠네, 우리가 먼 뒷날의 일을 어찌 짐작하겠는가. 그나저나 형, 내일도 성 밖 둔전에 일하러 가우? 그게 곶감 들고 찾아온 연유가? 부탁이우, 나도

같이 데려가주우. 부사 나리가 찾으시면 어쩌려고? 그거야 여로 노인한테 일러두면 되우. 그럼 나더러 호방한테 허락을 받아달라? 매동이 고개를 세차게 주억였다. 일단 알겠네만 김상의 딸년 때문이라면 이쯤 해서 마음을 접게. 나도 그러고 싶소, 근데 그게 안 되는 걸 어쩌우. 창수는 답답하다는 듯 한숨을 내쉬었다.

일이 손에 잡히지 않았다. 어미가 샘에서 낳았다고 새미란 이름을 가진 그녀. 그녀는 도대체 어디로 간 것일까. 반나절이 넘도록 보이지 않다니. 혹시 멀리 다니러 간 건 아닐까. 그녀의 얼굴 한번 보지 못한 채 호미질만 하려니 속이 답답해 미칠 지경이었다. 그때였다. '령(令)' 자가 적힌 깃발을 든 포졸들이 골목길을 돌아다니는 게 보였다. 뿐인가. 향청의 이속들까지 업무를 작파하고 성 밖으로 나도는 중이었다. 성안에 무슨 일이 일어났는가. 뒤늦게 낌새를 알아차린 철수도 허리를 펴고 불안한 눈을 하고 있었다. 부사의 말대로 왜구가 노략질하러 여기까지 온 거 아니우? 암만 그래두 그놈들이 겁도 없이 여기까지 오려구. 근데 조짐이 이상했다. 남정네들이 괭이며 낫을 들고 성으로 몰려가고 있었던 것이다. 우리도 이러고 있을 일이 아니구면, 임자, 어서 들어가자구. 철수 형의 말에 갓난아기를 업은 그의 아내도 일손을 놓고 성으로 향했다. 동문은 활짝 열려 있었다. 포졸 하나가 긴장한 눈을 한 채 안절부절못하고 있었다. 무슨 일이오? 왜구가 쳐들어왔다네, 그 소식을 전하러 부산진성의 통인(通引)까지 급히 달려왔다네.

　성안은 생각보다 긴박하게 돌아가고 있었다. 말을 관장하는 구노(驅奴)는 편자를 끼우느라 정신이 없었고, 창노(倉奴)는 창노대로 무기들을 꺼내어 손질하느라 여념이 없었다. 창망 중에도 인근으로 부사의 수결이 담긴 파발이 달려나가고 몰려온 읍민들로 동헌 뜰과 그 앞은 그야말로 북새통이 따로 없었다. 이럴수록 질서를 지켜야 합니다, 어서들 동청 밖으로 나가시오! 노회한 청지기답게 여로 노인이 사람들을 동헌 밖으로 내몰고 있었다. 부사로부터 영이 내려진 내막을 듣고 싶소, 우린 못 나가오! 그건 곧 알게 될 것이오, 그러니 동헌 앞에서 잠깐만 기다리시오. 매동과 철수도 여로 노인을 도와 사람들을 동헌 밖으로 밀어내기 시작했다. 겨우 사람들을 몰아내고 동헌 문이 닫히자 여로 노인은 안도의 한숨을 내쉬었다. 때 없이 화창한 날씨. 이런 훤한 대낮에 전쟁이라니, 나 원 참. 여로 노인의 말에 매동은 하늘을 우러러보았다. 여로 노인의 말처럼 전쟁이 났다면 하늘에 무슨 징조라도 보여야 했다. 한데 어제와 똑같이 해는 떠 있고 날씨는 화창했다. 그러니 이 변고를 그 자신조차 믿을 수 없었다. 매동아, 하고 여로 노인이 그를 불렀다. 예, 청지기 어른. 지금부터 너는 한시도 부사나으리 곁을 떠나지 마라. 예, 알겠습니다. 그리고 철수 자네는 객사를 방비하게, 그곳이 어떤 곳인지 자네도 알고 있지? 알다마다요.

통인의 말대로라면 진성을 함락시킨 왜구들이 이곳으로 몰려와야 했다. 하지만 밤이 늦도록 적병은 보이지 않았다. 그러자 객사를 지키던 철수 형이 무료했던지 그가 있는 동헌으로 왔다. 야, 근데 놈들이 언제 온대냐? 형은 꼭 전쟁이 일어나길 바라는 것 같으우? 나라고 그걸 바라겠냐. 다만 생각 같아선 나라가 한번 뒤집어졌으면 해서 하는 말이지. 하긴 철수 형의 말이 맞는지 모른다. 우리 같은 천한 것들은 경천동지(驚天動地)만을 기다리며 사니까. 경천동지만 일어난다면 저 성벽이 더 이상 우리를 가두지 못할 것이고 자유를 만끽할 수 있으니까. 형은 막연히 면천의 기회가 왔다고 여기는지 모른다. 적어도 나라를 위해 공을 세운다면 자신의 피만큼은 자식에게 물려주지 않을 수 있으니까. 그런 게 자식을 둔 부모의 마음 아니겠는가. 그러고 보니 형도 이제 제법 어른스러워졌다. 그나저나 새미는 어떻게 되었을까. 피신이라도 제대로 했을까.

인근 고을의 수령들과 군사들이 속속 성안으로 모여들자 내아의 만개며 금춘이도 바빠졌다. 성의 수비를 놓고 동헌에 모인 수령들은 서로 언성을 높이기도 했고 누군가는 문을 박차고 성을 빠져나가기도 했다. 그 사이에 날은 희붐하게 밝아왔다. 여태 보이지 않던 적병들이 남문 앞에 하나둘 모습을 드러내기 시작했다. 적병은 끊임없이 몰려왔다. 몰려온 그들은 성을 에워싸기 시작했다. 성벽 위에 활과 무기로 무장한 군인들과 남정네들이 적의 공격을 대비하고 있었지만 그들도 엄청난 적군의 수에 두려워하긴 매한가지였다. 한 번도 전쟁을 겪지 않은 사람들. 그들의 눈앞에 펼쳐진 광경이야말로 꿈처럼 믿을 수 없는 현실이었던 것이다. 전운이 드리우자 부사의 표정 또한 어두웠다. 그렇게 대치 상태가 계속되었다. 그런 와중에 인근 초가집이 불타는 검은 연기가 성벽을 타넘자 아낙들은 일제히 울음보를 터뜨렸다. 삽시간에 성안이 울음바다로 변했다.

총포가 소리를 내기 시작했다. 적병들이 일제히 성으로 공격을 감행했다. 성벽으로 다가오는 적을 향해 화살을 쏘아댔지만 그 수는 줄어들지 않았다. 그런데도 부사는 저 많은 적병이 한양으로 진군한다면 큰일이라면서 성을 사수하라고 독려했다. 하지만 지원군이 올 때까지 버텨낼 수 있을까. 급창(及唱), 아니 매동아! 예, 하면서 그는 놀란 눈을 한 채 조복으로 갈아입은 부사를 쳐다보았다. 넌 꼭 살아서 내 시신을 수습하거라. 나으리, 무슨 그런 말씀을? 혹여 내 목이 달아나거든 내 옆구리에 콩알만 한 사마귀가 있다는 것을 잊지 말고. 말을 마치기 무섭게 부사는 몸을 돌려 객사 안으로 들어갔다. 그제야 매동은 객사 앞에 창을 쥔 철수 형을 바라볼 수 있었다. 철수 형이 쥔 창이 사시나무처럼 떨리고 있었다. 아우, 내가 어찌 되거든 우리 임자랑 아이를 자네가 맡아야 하네. 나도 형한테 부탁이우, 나 죽으면 새미한테 용맹스럽게 싸우다가 죽었다고 전해주슈. 두 사람은 한동안 서로 바라보면서 눈시울만 붉혔다. 객사 뒤편 정원루 앞에는 향교의 양반 셋이 서 있었다. 누각 위에 모신 것은 필시 향교에서 모셔온 공자의 위패일 터였다. 잠시 뒤 객실 안에서 부사의 울음소리가 울려 퍼졌다. 전하, 불충한 소신 마지막 인사 올리옵니다. 총민(聰敏)을 발휘하시어 부디 난세를 바로잡으소서!

저 벼들처럼 어깨를 겯고

금정구 하정마을 어귀
〈황산이방최연수애휼역졸비〉에 부쳐

밤에 개들이 짖는 것은 혼백 때문이라고
했지. 인간과 달리 개는 혼백을 본다고 했으니까. 그렇다면 오
늘 밤에는 또 어떤 억울한 혼백이 이곳을 다녀간 것일까. 혹시
수명이 아버지, 바우는 아닐까. 그러고 보니 바우의 기일도 며
칠 남지 않았다. 바우는 똑똑해서, 너무 똑똑해서 이승살이가
괴롭다고 했었지. 괴로움을 잊으려 술을 찾았지만 술이 신분
의 굴레를 풀어주지는 못했다. 결국 바우는 제 몸 스스로 나뭇
가지의 열매가 되었다. 열매가 되기에는 너무 이른 나이였다.
이보게, 연수. 자네만은 제발 나 같은 존재를 업신여기지 말게.
작청에 든다는 소식을 듣고 바우가 한 말이다. 같은 해에 태어
나 삼이웃으로 자랐으니 죽마고우였던 두 사람. 하지만 하나
는 커서 노비가 되었고, 하나는 자라서 역리가 되었으니 바우

의 마음은 어떠했을까. 바우에 대한 회한 탓인가, 아니면 끊임없이 짖어대는 개 울음 탓인가. 잠이 멀리 달아나고 말았다. 더 누워 있어봤자 잠들기는 틀렸다 싶어 연수는 이부자리를 밀치고 일어났다. 밖으로 나서니 마당에는 허연 달빛이 흥건하게 고여 있다. 이제 이틀 뒤면 보름달이 떠오를 것이다. 그러면 황산도는 밤길을 재촉하는 장사치들로 넘쳐날 것이다.

황산도는 밀양 유천에서 동래까지 뻗은 길을 지칭하는 말이다. 이 길은 다시 대구, 김해, 울산으로 갈라져 한양까지 이어지는데, 길목마다 각종 공문서와 사신, 관수물자를 운송하는 데 필요한 역마를 관리하는 역참이 있다. 역참 중에서도 황산도의 중심 역참이 바로 이곳 황산역이다. 황산역은 일반 속역과 달리 규모가 대단해서 종사하는 역노만 해도 수백 명에 이른다. 그러니 연수 같은 역리들이 바쁘게 움직일 수밖에. 일찌감치 아침밥을 챙겨 먹은 연수는 역참을 향해 종종걸음을 친다. 햇살이 퍼지기 전이라 그런가. 아니면 백로가 지나서 그런가. 금세 한기가 느껴지고 어금니에서 목탁 소리가 날 정도다. 이럴 줄 알았으면 속옷이라도 하나 덧입고 등청할 걸 그랬나. 괜히 후회스럽다. 연수는 역참의 정문인 남문으로 들어서 외동헌 쪽으로 곧장 몸을 꺾었다. 찰방의 안부가 궁금했던 것이다. 안 그래도 부임하자마자 한 첫 번째 일이 밥상머리에 앉아 미간 찌푸리는 것 아니었나. 그런 찰방이 이틀 동안 아프다고 누웠으니 더욱 신경이 쓰일 수밖에. 외동헌에 도착하니 아무런 인기척이 없었다. 몸이 아직 안 좋은가. 연수는 몸을 돌려 이번에는 찰방의 숙소인 내동헌으로 향했다. 하지만 거기서도 인기척을 느낄 수 없었다. 움직이는 거라고는 불그스름해지는 감잎을 잡고 흔드는 바람뿐이었다. 연수는 천천히 마루 위로 올라섰다. 찰방이 잠든 방 가까이 다가가자 드르렁, 코 고는 소리가 난다. 이제 달라진 환경에 적응했는가. 깊은 잠에 빠진 게 다행이다 싶어 연수는 조심스레 돌아섰다. 그러고는 관청으로 향했다. 관청은 역참에서 관리들의 음식을 관장하는 곳이니 이 시각에 제일 바삐 움직여야 할 공간이다. 하지만 남정네가 감히 들락거릴 수 없음에도 굳이 그곳을 찾아간 이유가 있다. 그건 찰방의 입에서 또다시 반찬 투정이 나오지 않게 당조짐하기 위해서였다. 하지만 그런 말도 꺼내기 전에 부엌마당에 발걸음을 멈춰 세우고 말았다. 아궁이 앞을 왔다 갔다 하는 그림자 때문이었다. 분명 볼점이네일 것이건만 연수는 수명이네를 본 듯 꼼짝할 수 없었다. 관노 신분만 아니었다면 저곳에 있지도 않았을 수명이네. 여느 부엌데기와 달리 곱상하고 예뻤던 그녀였기에 관청의 관리치고 입 대지 않은 이가 없을 정도였지 않은가. 그랬기에 연수 또한 연정을 품지 않을 수 없었다. 자신의 마음을 받아준다면 그녀처럼 미천한 노비가 되어도 상관없다고 여겼다. 하지만 그녀는 이미 바우에게 마음을 준 다음이었다. 그랬으니 그가 마음을 접을 수밖에. 그게 바우를 위해 보여줄 수 있는 유일한 우정이었다.

    관청의 돌담을 에돌자 마방이 나타난다. 마방에는 역마들이 있다. 역참에서 가장 대우받는 이들. 나라의 중요한 문서를 전달하고 관수물자를 운반하기에 항상 건강을 살피고 먹이조차 신경 써야 한다. 사람들은 모른다. 말이 얼마나 예민한 동물인지를. 말은 소와 달리 위가 작아서 수시로 먹이를 먹어야 하고 사료 또한 깨끗하지 않으면 곧잘 탈을 일으키기도 한다. 그래서 항상 마방꾼의 신경을 곤두세우는 존재들이다. 이곳 황산역에 대기 중인 말만 해도 무려 마흔 마리가 넘는다. 대마 7마리, 중마 29마리, 짐 싣는 복마(卜馬) 10마리 등 모두 46마리다. 그러니 말이 먹는 건초더미만 해도 어마어마하다. 연수가 마방 가까이 접근하자 말들이 일제히 부산을 떤다. 입에는 건초를 잔뜩 문 채로. 역시 마부 영감은 부지런하다. 벌써 마방을 다녀가다니. 그런데 중마 한 마리의 표정이 어째 수상하다. 앞에 놓인 여물통의 건초까지 남아 있는 걸로 보아 탈이 난 게 분명하다. 그렇다면 입마에서 빼는 게 상책일 듯. 건초창고로 가니 아니나 다를까 마부 영감이 건초를 물에 씻고 있다. 건초를 물에 씻는 이유는 당연히 청결을 유지하여 말의 소화불량을 막기 위해서다. 마부 영감, 중마 한 마리가 어째 탈이 난 듯한데 확인했소? 예, 안 그래도 말씀드리려고 했는뎁쇼, 아무래도 어제의 행마가 너무 과했나 봅니다. 나이 들면 인간이나 말이나 힘든 건 매한가진 모양입니다, 허허허. 그나저나 이방께서는 언제까지 수명이 글자 공부를 시킬 작정이오? 그거야 수명이 하기 나름이지요. 마부 영감이 연수의 마음을 알았다는 듯이 고개를 끄덕였다. 그러고 보니 건초창고에서 수명이에게 글자 공부를 시킨 것도 벌써 두 달 가까이나 되었다.

언젠가 마방 앞에서 나누었던 수명과의 대화를 잊지 못한다. 그때 수명이 뭐라 했던가. 보기엔 똑같은데 어떻게 좋은 말과 나쁜 말을 구분하느냐고 물었던가. 그래서 말해주었을 것이다. 사람도 달음박질이 빠른 사람이 있고 느린 사람이 있듯이 말도 재능이 다를 뿐, 좋은 말과 나쁜 말은 따로 없다고. 그랬더니 수명은 그런 재능은 또 어찌 알아보느냐고 되물었었지. 그래서 일러주었을 것이다. 보통 앞가슴이 쫙 벌어지고 다리와 목이 긴 말은 잘 달리고, 엉덩이가 낮아 다리가 짧은 말은 느리지만 힘이 좋아 짐 싣기에는 제격이라고. 그랬더니 수명이 한탄했었다. 자신은 아무래도 재능이 없는 것 같다고. 그때 연수는 도리머리를 했다. 아니라고, 수명이 넌 글자를 외우는 놀라운 재주를 타고났다고. 그러면서 글자를 외우면 글자 속에 숨어 있는 또 다른 세상이 보인다고도 했었다. 그러고 나서 연수는 움찔 놀라고 말았다. 말하고 보니 그게 바로 수명의 아버지, 바우의 비극적 운명이었으니까. 그런 아비의 삶을 수명에게 얘기하고 있었으니 뜨끔할 수밖에. 이후 그는 수명과의 대화를 나눌 때면 조심스러워지지 않을 수 없었다. 이방 나리, 밤새 안녕하셨사옵니까? 연수의 등 뒤에서 맑은 시냇물 같은 목소리가 난다. 돌아보니 볼점이가 환하게 웃으며 서 있다. 아니, 이른 아침부터 볼점이가 웬일이냐? 내동헌 소제는 아직 멀었는데. 글쎄 말입니다. 집에 있으라고 해도 맨날 어미 도와준다고 이리 나오네요, 나리. 마침 물동이를 이고 우물로 향하던 볼점이네가 지나가다가 한마디를 던졌다. 어이쿠, 우리 역참에 이런 효녀가 다 있었다니! 볼에 점이 그냥 있는 점이 아니었구먼, 허허허. 연수는 모처럼 호탕하게 웃었다. 그러자 볼점이는 부끄러운 듯 고개를 외로 틀었다. 이제 막 가슴앓이를 시작했다고 했던가. 연수는 엄마 뒤를 따라가는 볼점이를 지켜보며 생각했다. 천한 계집종의 몸에서 어찌 저리 탐스런 것이 났을까 하고서. 사실 볼점이네는 아직 볼점이 아버지가 누구인지 말하지 않았다. 하지만 역참의 사람들은 안다. 볼에 점이 있던 찰방이 근무한 적이 있었다는 사실을.

연수가 작청에 나타나자 호형호제하는 공방이 기다렸다는 듯이 입을 연다. 젊은 찰방이라 내심 기대했더니 이건 웬 불상놈이 온 건 아니우? 이 사람아 말조심하게, 누가 듣겠네. 아니, 내가 뭐 틀린 말이라도 했수? 그래도 찰방은 역참의 최고 관리라네, 상하의 규율을 우리가 어기면 어쩌나. 차암, 이방 형님도. 형님은 길바닥에 굴러다니는 소문을 아직 못 들었소? 무슨 소문을 말인가? 그 왜 찰방이 장희빈 치맛자락을 잡고 여기까지 불려왔다는 소문 말이우. 이 사람, 아무리 조정이 뒤숭숭해도 찰방이 얼마나 중차대한 자린데 일개 아녀자의 연줄을 타고 여기까지 온단 말인가. 세상이 뒤숭숭하니까 하는 말이잖소, 그렇지 않고서야 어찌 부임해 오자마자 저리 방구석에만 뒹굴 수 있단 말이요? 물만 바꿔 먹어도 탈이 나는 게 인간이네, 그러니 자기 몫이나 잘하게. 연수는 그 말을 끝으로 밀린 역노들의 인사서류들을 뒤적이기 시작했다. 이방의 주된 임무 중의 하나가 역노들을 각자의 재능에 따라 적재적소에 배치하고 관리, 감독하는 일이다. 그러니 역참의 모든 일을 도맡고 있는 셈이라고나 할까. 게다가 오늘도 관수물자 운송과 병으로 결원이 생겼으니 인력 보충이 필요하다. 한데 공방의 말에 그만 귀가 쏠리고 말았다. 말은 그렇게 했지만 사실 공방의 말이 틀린 것도 아니다. 찰방이 이곳에 온 지도 벌써 사흘째. 그러니 무턱대고 작청에 앉아 나오기만을 기다리고 있을 수 없는 형편이다. 연수는 서류철을 내던지고 내동헌으로 향했다. 찰방 나리, 이방이옵니다. 마루 앞에서 그가 왔음을 알렸다. 그래도 방문이 열릴 기미가 없다. 할 수 없이 마루로 올라서서 조심스레 방문을 열었다. 신임 찰방은 이맛살을 구긴 채 자신의 뱃구레만 쓰다듬어댔다. 부러 그러는 게 분명했지만 연수는 못 본 척 운을 뗐다. 나리, 오늘은 편찮으셔도 기운을 차리셔서 육방의 보고도 받고 관할 속역의 점고도 도는 것이

어뗘실지. 연수의 말에 찰방이 언성을 높인다. 이봐요, 이방! 몸이 안 좋은 걸 낸들 어쩌겠소? 정 급하면 이방이 나 대신 역마 점고라도 하든가. 점고는 찰방의 가장 중요한 일입니다, 더군다나 부임한 지 얼마 되지 않았으니 직접 돌아보심이…. 그러려면 기운부터 차려야 하는 거 아니오, 이거야 원 여기 와서 먹은 거라고는 풀밖에 없으니. 찰방은 토라진 어린아이처럼 돌아눕기까지 한다. 찰방의 말대로라면 이 모든 것이 병이 아니라 음식 투정이었단 말인가. 연수는 어이가 없어 헛웃음이 터졌다.

이방 나리, 불러 계시옵니까? 그래, 들어오게나. 작청 안으로 웬 급부 하나가 들어선다. 연수가 그에게 밀봉한 봉투 하나를 건넨다. 자네, 이거 동래부사에게 전하고 오게. 이게 무엇이옵니까? 신임 찰방이 긴 여정에 몸이 사달이 나서 인사가 늦는다는 전갈이네. 아하, 하며 급부가 고개를 끄덕인다. 그리고 가는 길에 소산역과 휴산역에 들러 일러놓게, 곧 점고 나간다고. 점고는 미리 알려주지 않아야 하는 거 아니옵니까? 그럼 나더러 부러 그들을 혼내란 말인가? 제 말은 예전 이방들이 다 그렇게 했기에…. 말 먹이고 농사까지 짓는 것만 해도 고역이네, 더군다나 지금은 한창 들판에 살아야 할 때고. 그러자 급부가 연수 눈치를 살피며 얼른 고개를 꺾는다. 뭐하는가, 후딱 서두르지 않고? 아예, 알겠습니다요. 급부가 나가자 이번에는 볼점이네가 들어선다. 볼점이네의 두 볼이 발갛게 상기되어 있다. 부엌에서 설거지라도 하다가 부리나케 달려온 모양이다. 서두르지 않아도 되건만 볼점이네는 이리 바지런하다. 이거 먼저 받게. 이게 무슨 돈이옵니까? 찰방이 긴 여정으로 입맛을 회복하지 못한 모양이니 점심에 닭이라도 한 마리 올리게나. 그래도 너무 많은 돈입니다. 내 말은 좋은 닭을 사라는 걸세, 그리고 오늘부터 유념할 게 하나 있네. 유념할 것이라니요? 내지 출신이라 짠 음식을 싫어하는 듯하니 찬은 싱겁게 하고 젓갈이나 생선 같은 해산물은 올리지 말게. 알겠습니다, 나리. 볼점이네가 엽전을 쥔 채 작청을 나갔으나 연수는 은근히 걱정이었다. 몸이 재바른 건 좋으나 음식 솜씨야말로 수명이 어미를 따라가지 못하니까. 이런 까다로운 입을 한 찰방이 올 줄 알았으면 수명이네를 소산역으로 보내지 말걸 그랬다 싶다. 그랬더라면 수명이도 덜 고생이지 않을까. 그나저나 수명은 왜 안 보이는 거지. 아직 도착하지 않았나?

내동헌에서 연기가 우럭우럭 피어오르고 있다. 아니 이게 무슨 일이지? 군불도 때지 않을 시기에 연기라니, 그럼 혹시 불이라도? 연수는 허겁지겁 내동헌으로 내달렸다. 내동헌은 지방관아로 치자면 내아에 해당한다. 하지만 종6품인 역참의 찰방은 가족과 함께 근무하지 않는다. 그도 그럴 것이 역참은 교통의 요충지에 세워진 시설로 사신이나 관리들을 영접

하는 것이 목적이기 때문이다. 하여 내아는 내동헌이라 부르며 손님이 없을 경우 찰방이 혼자 독차지하기 마련이다. 간밤에 늦게 손님이 들지 않았다면 분명 찰방만 있을 공간에 무슨 불이 난단 말인가. 허겁지겁 내동헌으로 들어서니 계집종 하나가 눈을 비비며 군불을 지피고 앉았다. 묵은 아궁이니 쉽게 불을 지피기 힘든 것은 당연한 법. 한데 자세히 보니 볼점이다. 아니, 볼점이 너는 춥지도 않은 날씨에 여기서 뭐하는 것이냐? 그의 인기척에 볼점이가 화들짝 놀라 엉덩이를 든다. 찰방 나리께서 춥다고 군불을 지피라고 하셨사옵니다. 그 말을 듣는 순간 연수는 할 말이 없었다. 상사가 명령했다니 어린 계집종으로서야 거역할 수 없는 노릇이 아니겠는가. 하지만 아침저녁으로 조금 쌀쌀하긴 해도 낮에는 기온이 올라가니 버틸 만한 날씨이지 않은가. 지금부터 군불을 때면 장작을 어떻게 감당하란 말인가. 땔감을 장만하는 것도 역참에 근무하는 이들에겐 고역이지 않은가. 적당히 지피고 두꺼운 솜이불부터 챙겨 내동헌에 깔아드리도록 해라. 알겠사옵니다, 이방 나리. 연수는 돌아서서도 고개만 가로저었다. 앞으로 역참이 어떻게 굴러갈는지 걱정이 이만저만이 아니었다.

찰방 나리, 이방이옵니다. 명을 내린 지가 언젠데 이제야 나타나는 게요? 급히 처리해야 할 일 때문에 조금 늦었습니다. 찰방은 못마땅하다는 듯 이맛살을 구겼다. 찰방은 누웠다가 점심상이라도 받았는지 방 한쪽에는 이불이 구겨진 채 펼쳐져 있었다. 해가 중천인데도 등청을 않고 밥만 축내는 것이 마뜩잖았지만 겉으로는 내색하지 않았다. 상 위에는 부탁했던 닭고기가 올라와 있었다. 그런데도 살점이 별반 뜯겨나가지도 않은 상태다. 입맛이 당기지 않아 그런 건가. 연수가 넌지시 묻고 나선다. 특별히 부탁해 올린 음식인데 맛이 없으십니까, 나리? 이방이 한번 먹어보시오, 이게 고긴지 나무토막인지. 찰방이 젓가락으로 닭고기를 두들겨대더니 다시 입을 연다. 내가 원래 이빨이 좋지 않은데 이런 걸 먹으라고 내놨으니 이걸 어떻게 먹는단 말이오. 질기다면 다시 푹 삶아오라고 하겠습니다. 관두쇼, 다시 삶는다고 나무토막이 말랑말랑해지겠소? 찰방은 젓가락을 내던지고서는 다시 자리에 누워버린다. 이러니 내가 기운을 차릴 수가 있나, 원. 말이 고까웠지만 연수는 참았다. 혹여 입맛이 돌지 않으신다면 다른 걸 준비토록 하겠습니다, 말씀해보십시오. 그러자 기다렸다는 듯이 찰방이 벌떡 상체를 일으켜 세우더니 입을 연다. 꽃잎처럼 연한 고기라도 먹으면 기운을 차릴 수는 있을 듯하오만. 꽃잎처럼 연한 고기라면 혹시? 맞소, 그런데 그런 걸 여기서 구할 수가 있으려나. 순간 연수의 입에서 어금니가 갈리는 소리가 났지만 참았다. 일 년에 한 번 구경할까 말까 하는 쇠고기를, 그것도 생고기 꽃등심이라고 콕 꼬집어 말하다니. 그리 비싼 음식을 먹으려고 돈을 낭비했다가는 역참에 근무하는 사람들이 쫄쫄 굶을 수 있다. 작년 홍수로 인해 제방을 보수한 품삯마저 지급하지 못하는 형편이잖은가. 부임했으면 그런 재정 사정도 살피고 해야 하는데 제 뱃속부터 채울 생각만 하고 있으니 답답할 수밖에. 그렇다고 이제 막 부임한 찰방의 심기를 건드리고 나설 수도 없으니 난감하기 짝이 없다.

이방 나리, 제가 소산역에 다녀오겠습니다요. 말고삐를 쥔 채 마부 영감이 했던 말을 또 하고 나섰다. 아닐세, 볼일도 있고 하니 내가 직접 다녀오겠네. 연수는 고삐를 건네받자마자 말 등에 올라탔다. 그러자 말이 제 앞발을 들어 올리며 히히힝, 힘차게 울었다. 이랴, 연수가 말의 뱃구레를 발로 차자 말이 달리기 시작했다. 남문을 빠져나오자 누런 들판이 두 눈을 가득 채운다. 세상에서 가장 아름다운 색이 노란색이라 했던가. 누구 할 것 없이 같은 색으로 물들어 서로 어깨를 겯고 바람에 맞춰 춤추는 벼들. 그들에게는 잘난 놈도 못난 놈도, 위도 아래도 구분이 없다. 그야말로 수평 세상이다. 차이는 인정하되 차별은 없는 세상, 그게 바우가 꿈꾸던 세상이 아니던가. 연수는 본다, 저 들판 가운데서 그와 바우가 함께 장구와 꽹과리 장단에 맞춰 춤추는 모습을. 그런 상상 덕분일까. 논을 건너온 바람결에 향긋한 막걸리 냄새가 나는 듯도 하다. 들판의 아름다운 색은 산중에도 번지고 있다. 울긋불긋 수놓은 듯 각종 수목이 어우러져 펼쳐내는 저 계절의 장관. 그런 아름다움이 인간 세상에도 펼쳐지면 얼마나 좋을까. 생각이 깊었던 것일까. 정신을 차리고 보니 말은 어느새 언양 덕천을 지나 사밧재 고갯마루를 치닫고 있다. 그제야 연수는 말도 쉬게 할 겸 비석거리 앞에서 말고삐를 죄었다. 고개 아래로 펼쳐진 역전 들판이 내려다보였다. 저 역전 언저리에 소산역이 위치하고 있다. 소산역에는 대마 한 필, 중마 두 필, 짐 부리는 복마(卜馬) 일곱 필이 늘 대기 중이며, 역전을 관리하는 역노들이 산다. 수명이네를 그곳으로 보낸 것도 그런 연유다. 동병상련이라고, 같은 신분끼리 모여 살면 마음만은 편안할 것 같아서. 하지만 그런 연수의 배려와는 달리 수명이 어미는 달가워하지 않았다. 돌이켜보니 이 모든 일이 연수의 뜻대로였을 뿐, 수명이네의 처지는 생각지 못했다. 왜 그때 수명이네의 말을 한번 들어볼 생각을 하지 않았을까. 그랬더라면 수명이네 얼굴에 웃음기가 남아 있었을까.

소산고개 아래가 떠들썩하다. 주막은 봇짐과 등짐을 한 장사치들로 북적이는 중이다. 그러고 보니 오늘이 열사흘, 감동장(구포)이 열린 날이기도 하다. 소산에는 주막뿐만 아니라 대장간과 푸줏간도 있다. 고래로부터 물이 넉넉해 소나 말과 같은 짐승 키우기에는 맞춤하기 때문이다. 그러다 보니 양민들까지 모여들어 큰 마을을 이루고 말았다. 마방 앞에 다다르자 수염이 허연 노인 하나가 알은체를 하며 나선다. 최 이방이 여긴 웬일이야, 마방 점고는 며칠 뒤라면서? 노인은 황산역에서 색리를 맡았다가 물러나 이곳에서 노후를 보내는 중이다. 늙은이들이 햇볕바라기 하기에는 소산이 제격이라나. 그도 그럴 것이 소산마을은 정남향에 위치한 데다 뒤쪽의 소산이 담처럼 마을을 에워싸고 있어 겨울에도 추위를 잊고 지낼 만하다. 그러니 명당이 따로 없다. 볼일을 나섰다가 잠깐 들렀습니다, 푸줏간에 고기도 끊을 겸 해서요. 왜, 신임 찰방이 벌써부터 고기 타령을 하는가? 어르신도 참. 그래놓고 얼른 마방 별채부터 살핀다. 하지만 수명이네의 그림자는 눈에 띄지 않는다. 수명이네는 어디 갔습니까? 수명이 어미한테 무슨 볼일이 있는가? 수명이 때문에 물어볼 게 있어서요. 수명이네가 가면 어디 갔겠나, 다들 역들로 몰려가 피 뽑고 도랑 치느라 바쁘니 거기 참이나 이고 갔겠지. 하긴 추수가 낼모레니 소산에서 제일 바쁠 때가 지금이긴 하다. 수명이도 따라갔습니까? 아니, 조금 전까지 마방 앞마당에서 글씨 쓰면서 놀고 있었는걸? 그래요? 근데 어르신이 보기에도 수명이가 글씨를 제법 쓰긴 하던가요? 왕희지가 따로 없다니까, 그게 다 자네 덕분이겠지마는. 저야 뭐 천자문 몇 자 가르친 거밖에 없는데요, 뭘. 그러니까 하는 얘기지, 이 사람아. 색리 영감의 말처럼, 수명은 천한 신분만 타고나지 않았다면 과거제도를 통해 입신할 수도 있다. 하지만 제 아버지처럼, 역노라는 신분이 수명이로부터 모든 기회를 박탈해버렸다. 그렇다고 바우처럼 삶을 포기하게 내버

려둘 수는 없었다. 글자를 익혀야 세상의 모순을 알게 되고 그 모순을 알아야 세상을 바꿀 수 있다. 신분의 굴레도 인간이 만든 제도의 결과물이라면 그 제도 또한 언제든 혁파할 수 있는 것이다. 그런 세상이 천지개벽이라면 그런 천지개벽이 오지 말라는 법도 없잖은가. 그런 것을 깨우칠 때까지 연수는 수명에게 글자를 익히게 할 것이고 글을 읽게 만들 것이다. 그게 바우가 연수에게 남기고 간 마지막 부탁인 셈이니까.

바우의 제삿날을 핑계 삼아 수명이네에 오긴 했다. 하지만 정작 집에 아무도 없으니 난감하기 짝이 없다. 그렇다고 빈 과부 집에 계속 버티고 있을 수도 없잖은가. 푸줏간에서 끊은 고기 몇 점과 미리 챙겨온 쌀 한 됫박을 마루에 놓고 돌아섰다. 들른 김에 수명이네 얼굴이라도 봤으면 좀 좋을까. 아직 가슴에 남아 지워지지 않는 사람. 만나면 수많은 이야기를 나누고 싶은 사람. 그런 사람을 남몰래 그리워하며 사는 일이 얼마나 괴로운 것인지를 사람들은 모르리라. 아쉬운 걸음으로 역참에 돌아오니 공방의 얼굴이 벌겋게 달아올라 있다. 무슨 화날 만한 일이라도 있는가? 나 참 형님, 내동헌에서 신임 찰방이 불러서 갔다 왔지 뭡니까. 그래서? 찰방이 하는 말인즉 내일 당장 마방을 옮기라는 게 아니겠습니까. 마방을 옮기라니, 대체 그 이유가 무언가? 그게 참, 기가 찹니다. 공방은 어이가 없다는 듯 잠시 뜸을 들이더니 다시 말을 잇는다. 글쎄, 그게 냄새가 나서 잠을 못 자겠다는 겁니다. 뭐라, 냄새 때문에 잠을 못 자서 마방을 옮기라고? 역참에 말 냄새가 나는 건 당연한 것, 그게 찰방으로 부임한 사람이 할 소린가. 그러게 말입니다, 형님. 연수가 생각해도 어이없는 요구였다. 더군다나 지금이 어느 때인가. 가을걷이가 끝나면 곧 겨울이 닥치지 않는가. 옮기려면 좀 더 기다렸다가 봄에 옮기든지 해야지. 그렇다고 마방 하나만 덜렁 옮긴다고 모든 게 끝나는 것도 아니잖은가. 건초창고며 퇴비장, 그리고 말이 마실 우물까지 새로 파야 한다. 이런 대공사를 신임 찰방은 막무가내로 다그쳤으니 난감할 수밖에. 내가 내일 찰방에게 저간 사정을 얘기할 테니 이쯤 해서 공방은 퇴청하게, 벌써 날이 어두워졌네. 그러고는 공방의 등을 떠밀었다.

공방을 보내놓고 서류 몇 가지를 정리했다. 그러고는 저녁상이 내동헌으로 들어가는 걸 보고 연수도 퇴청했다. 하지만 집이라고 해서 편안한 곳은 아니었다. 아내가 없으니 모든 게 온기를 잃은 듯했다. 아내와 사별한 지 삼 년째라 적응할 때도 지났건만 이상하게 시간이 흐를수록 더 외롭기만 했다. 그래서 더 수명이네 생각을 하게 되는 것일까. 아니면 자신도 이제 늙었다는 뜻일까. 그러고 보니 역참에 역리 일을 본 지도 어언 이십 년이 넘었다. 관례대로라면 이제 물러날 때가 되었다. 연수는 이 사실을 잘 알고 있다. 그래서 이방직에서 물러나면 소산역으로 노모를 모시고 갈 생각이다. 색리의 말마따나 노후를 보내기에는 소산이야말로 제격이니까. 게다가 수명이네까지 곁에 둘 수 있으니 벗 삼아 즐겁게 늙기 좋은 곳이 아니던가. 그런 생각 탓인가, 잠이 오지 않는다. 이리 뒤척 저리 뒤척 하고 있는데 밖에서 다급하게 연수를 부르는 소리가 났다. 방문을 열었더니 역참의 급부 하나가 숨을 헐떡이며 서 있다. 아니, 이 밤중에 무슨 일이냐? 나리, 공방께서 속히 역참으로 오시라는 당부이십니다. 공방이 왜? 자세히는 모르오나 내동헌에서 일이 생긴 모양입니다. 내동헌에 일이 생기다니, 그럼 신임 찰방에게 무슨 일이 있단 말이냐? 그건 잘 모르오나 내동헌에서 볼점이가 크게 다친 건 사실이옵니다. 볼점이가 다쳐? 일개 어린 계집종 하나가 다쳤다고 사람을 부르다니. 공방이 그런 주변머리가 없는 것은 아니고 그렇다면? 연수의 머릿속에 불길함이 스쳤다. 하지만 연수는 도리머리를 쳤다. 설마 연한 순 같은 아이에게 그런 몹쓸 짓을 했을 리가. 연수가 역참의 남문 앞에 이르자 공방이 기다리고 있었다는 듯이 달려왔다. 아니, 무슨 일이기에 이 밤중에 사람을 불렀는가? 사람들의 눈이 있으니 일단 작청으로 좀 들어갑시다. 공방이 연수의 손을 작청으로 잡아끌었다. 뒤따라 연수가 들어서자 공방이 나직이 입을 열었다. 형님, 볼점이가 많이 다쳐 급히 의원을 부르긴 했습니다만…. 다친 이유는 알아봤는가? 말하기 뭣하지만 하혈이 멎질 않는 걸로 봐서는. 그럼 찰방이 그 어린 것을?

그렇습니다, 형님. 연수는 더 이상 말을 이을 수 없었다. 한동안 말문을 잃고 그저 멍하니 서 있을 뿐이었다. 그러다가 재차 묻고 나섰다. 그나저나 볼점이네는 이 사실을 알고 있는가? 알다 뿐이겠습니까, 내동헌의 일을 제일 먼저 알린 이도 볼점이네인 걸요. 그러면서 공방은 볼점이네가 한 이야기를 연수에게 다시 들려주기 시작했다.

"그러니까 볼점이네가 내동헌에 저녁상을 올리고 물리기만을 기다리고 있을 때였답니다. 설거지를 해놔야 퇴청을 하니 늦었지만 기다린 거라더군요. 그랬는데 너비아니까지 올린 상이라 그랬던지 찰방이 술을 자꾸 찾더랍니다. 그 바람에 관청에 걸러놓은 술도 금세 바닥이 났고요. 그래서 볼점이네가 술이 떨어져서 다시 술을 거르려면 시간이 조금 걸린다고 했더니 난리를 피우기 시작했답니다. 그러더니 느닷없이 볼점이를 찾아 대령하라는 불호령이 떨어졌다는 게 아니겠습니까. 볼점이네가 이유를 물었더니, 어린년이 자신을 석쇠 위의 고기로 여겼다는 거랍니다. 그렇지 않았다면 군불을 이리 괄게 땔 리가 없다면서 말이죠. 찰방의 우격다짐이 기가 찼지만 볼점이네로서는 어쩌겠어요. 여식을 잘못 가르친 어미의 잘못이 크니 벌하려면 저를 벌하라며 애원하고 나섰지요. 하지만 찰방은 노기를 누그러뜨리지 않았답니다. 할 수 없이 볼점이를 데려오지 않을 수 없었답니다. 데려왔더니 곧장 방으로 들게 하더래요. 그때까지만 해도 볼점이네로서는 찰방이 어린아이를 어쩌겠느냐 싶었다더군요. 그랬는데 낮의 일을 꺼내 볼점이에게 태질을 가하더랍니다. 그 바람에 볼점이는 안에서 울고 밖에서는 어미가 우는 상황이 연출되고 말았지요. 모녀가 울어대자 더욱 화가 난 찰방은 사령을 불러 마당의 어미를 쫓아내고 기어이 볼점이의 옷까지 벗겨 이 지경에 이르게 했답니다."

말을 마친 공방도 어처구니없는지 길게 탄식을 이었다. 연수는 아무 말도 할 수가 없었다. 아직 초경도 치르지 않은 아이를 건드리다니. 이런 사실을 안다면 역참의 역노들이 가만있지 않을 것이다. 뿐인가, 이런 찰방을 그대로 두었다가는 이보다 더한 일을 벌일 수도 있다. 찰방의 성정으로 보아 능히 그러고도 남을 작자이지 않은가. 임금의 교지를 받고도 부임을 차일피일 미루다가 겨우 한 달여 만에 임지에 와서 한 짓이 환경과 몸 탓이니 그냥 두면 또 무슨 교활함을 발휘할지 모른다. 연수는 결심한 듯 입을 열었다. 공방은 육방의 향리들을 모아주게, 난 급히 처리해야 할 일이 있으니. 연수는 작청을 나와 마방 쪽으로 급히 몸을 틀었다. 마방 영감이 꾸벅꾸벅 졸다가 인기척에 놀라 연수를 맞았다. 영감, 내동헌 앞에 말 한 마리만 대령해놓으시오. 그렇게 조처한 후 연수는 내처 내동헌으로 향했다. 내동헌에는 불이 꺼져 있었다. 하지만 달빛 덕분에 촛불을 켠 듯 훤했다. 나리, 안에 들어가서 얘기 좀 나눌까 합니다. 역시 예상대로 안에서는 아무 대답이 없었다. 방문을 열자 문뱃내가 훅 끼쳤다. 연수가 나타나자 찰방은 마지못해 숟가락처럼 엎어져 있던 몸을 일으켰다. 아시다시피 오늘 밤에 역참에서 끔찍한 일이 발생했습니다, 이런 책임을 응당 찰방 나리도 져야겠지요, 문제는 어떻게 지느냐 하는 방식입니다. 제 생각으로는, 하고 말을 이으려는데 밖에서 이방 나리! 하는 소리가 났다. 무슨 일이냐? 사람들이 횃불을 들고 역참으로 몰려오고 있답니다요! 알겠으니 물러가 있거라. 사령을 물린 다음 연수는 다시 말을 이었다. 저들이 몰려온다면 무슨 일이 벌어질지 모르겠습니다, 참고로 이곳에 찰방의 편은 아마 한 명도 없을 겁니다. 게슴츠레하던 찰방의 두 눈이 커졌다. 다만 아직 선택의 기회는 있습니다, 마당에 있는 말을 타고 북문으로 나가든지 아니면 여기 이대로 남아 불에 타 죽든지요, 저는 이제 내동헌에 불을 지르러 가야겠습니다. 그러고는 천천히 방을 빠져나왔다. 연수는 한 치의 망설임도 없이 낮에 볼점이가 불을 때던 아궁이로 향했다. 거기서 부지깽이로 불씨를 살리고 있을 때 등 뒤에서 말발굽 소리가 났다.

동래의
마지막 기생

**구음의 명인,
유금선**

　　"천하가 태평하면 언무수순 허려니와, 시
절이 분요허면 포연탄우 만날 줄은 사람마다 아는 배라. 진나
라 모진 정사 맹호 독사가 심하더니 사심조차 잃단 말가. 초매
의 영웅들이 질족자의 뜻을 두고 곳곳이 일어날 저, 강동의 성
낸 범과 패택으 잠긴 용이 각자 기병 힘을 모아 진나라를 멸
할 적으" 하는 순간 큰 그림자 하나가 그녀의 몸을 덮쳤다. 부
지깽이 장단을 멈추고 고개를 드니 웬 낯선 사내 하나가 허연
도포자락을 휘날리며 그녀를 굽어보고 있었다. 훤칠한 키에서
풍겨 나오는 위압감에 그녀는 부지깽이를 내던지고 후다닥 대
문 안으로 도망쳤다. 그랬더니 사내도 덩달아 마당으로 들어
서는 것이 아닌가. 아니, 슨상님이 기별도 없이 우얀 일인교?
대청마루에서 신발도 신지 않고 달려 나온 이는 그녀의 고모

였다. 고모야말로 동래 바닥에서 이름난 기생이었으니 모르는 양반이 없을 정도였다. 물론 그렇다 하더라도 지금처럼 환한 대낮에 기생집을 찾아오는 양반은 없던 터였다. 와, 나가 못 올 디를 왔능가? 하이고, 그런 뜻이 아이고 놀래서 하는 말 아입니꺼. 그럼 요깃거리나 얼른 좀 내오게나. 목청이 컬컬하고 입성 또한 추레한 걸 보니 행장을 나선 지 제법 오래된 모양이었다. 상이 들어서자 허겁지겁 수저를 들고 달려드는 것이 영락없는 상거지였다. 빠르게 놀리던 손길이 차츰 느려졌다. 허기가 조금 가신 모양이었다. 그나저나 저 여식은 대체 누군가? 사내는 잊고 있었다는 듯이 묻고 나섰다. 조카라예. 자네 조카라고? 야, 하고 고모가 대답했다. 쟈한테 자네가 혹시 소리 가르쳤는가? 그런 적은 없는데 와 그카십니꺼? 아, 아닐세. 사내는 다시 수저를 놀리기 시작했다. 그러자 곁에 앉아 있던 고모가 부엌문 앞에 선 그녀를 이윽한 눈으로 바라보았다. 그녀는 재빨리 부엌 안쪽으로 몸을 숨겼다.

고모는 그녀더러 애원성을 타고났다고 했다. 그녀는 그게 무슨 말인지 몰랐다. 하지만 이제는 안다. 애간장을 녹이는 듯한 목청을 간직할 수밖에 없는 것이 그녀가 타고난 운명이라는 것을. 운명의 시작은 동생을 낳던 어머니가 까무러지던 몸을 일으켜 세우지 못한 데서부터였다. 어머니를 데리고 간 운명은 얼마 안 되어 다시 오빠마저 데려가버렸다. 아버지는 어린 오빠의 생명을 앗아간 범인이 누구인지 밝히고 싶었지만 그러기에는 나라의 힘이 너무 약했다. 일본 순사들은 해질녘에 벌어진 일이라 전차 사고를 목격한 사람이 없다고 잘라 말했다. 죽은 사람은 있는데 죽인 사람이 없는 희한한 교통사고. 그러자 아버지는 울화로 술병만 그러쥔 채 지냈다. 그러다가 끝내 제 목숨마저 덜컥 놓아버렸다. 아버지가 죽자 그녀는 혼자가 되었다. 게다가 살갑게 굴던 고모도 해가 거듭될수록 그녀를 바라보는 눈빛이 변해갔다. 양식만 축내는 그녀가 고울 리 없었다. 그녀는 점점 말수를 잃어갔다. 말수가 줄어들수록 눈물은 점점 더 생겨났다. 엄마가 보고 싶을 때마다 엄마가 즐겨 부르던 단가를 불렀다. 그러면 이상하게 슬픈 마음이 가라앉곤 했다. 그날도 그랬다. 엄마가 즐겨 부르던 〈홍문연가〉를 읊조릴 때 사내가 나타났을 뿐이었다.

사내가 떠나고 며칠 후, 그녀는 고모를 따라 집을 나섰다. 아직 푸른 이내가 벗겨지기 전이었다. 그녀는 전차를 타고 우선 부산역으로 갔다. 그런 다음 부산역에서 다시 기차를 타고 경성으로 향했다. 이왕 소리로 묵고 살라카몬 큰물에서 놀아야제. 경성에 도착했을 때에는 어느새 해가 이울고 있었다. 목적지는 판소리 명창 박녹주의 집. 박녹주는 이미 음반 취입 등으로 전국의 유명세를 타고 있는 스타 중의 스타였다. 그러니 고모는 그녀로 하여금 녹주에게 직접 소리 공부를 익히게 하려던 것이었다. 하지만 아무리 기다려도 소리 공부는커녕 맨날 허드렛일만 시켰다. 일은 해도 해도 끝이 없었다. 우물가에 쌓인 빨랫감만으로도 하루해가 모자랄 정도였다. 그런 터에 부엌에서 밥 짓고 청소까지 하려니 어린 몸이 배겨날 리 없었다. 게다가 그녀보다 늦게 들어온 아이까지 소리 공부를 시키는데도 그녀에게는 아무런 언질조차 없었다. 그제야 그녀는 알아챘다. 이 집에서 소리 공부하기는 이미 글렀다는 것을. 그녀는 고모에게 서툰 글씨로 우편을 띄웠다. 하긴 이런 편지를 보내는 일도 소학교에 다니지 않았더라면 엄두도 못 낼 일이었다.

미친년, 아무리 잘났기로서니 부모 없는 여식이라고 소리공부는 안 시키고 종살이만 시켜? 짐 챙겨라, 부산 가자. 편지를 받고 달려온 이는 고모가 아닌 외사촌 국향 언니였다. 국향 언니는 때마침 경성에 명창대회가 있어 올라온 터였다. 그런 언니의 말을 듣자 울컥 눈물이 솟구쳤다. 인력거를 타고 화려한 옷을 입은 언니가 부러워 그녀도 기생이 되고 싶어 하지 않았던가. 그런데 기생이 되는 것이 이리 힘들다니. 국향 언니는 수모법(隨母法)이 올가미였다면서 술에 취하면 원망하곤 했다. 하지만 국향 언니는 이제 그런 신세타령이나 하던 여자가 아니었다. 바야흐로 불어온 자유연애의 바람은 세상을 뒤집기에 충분한 태풍이었다. 자유연애는 남자들을 집 울타리 밖으

로 헤매게 만들었고, 국향 언니와 같은 여자는 그런 남자들의
연애 대상 1호였다. 그러니 국향 언니는 시절을 만나 맘껏 세
상을 날고 있는 중이었다. 기예는 몸이 아니라 머리로 하는 거
다, 니는 머리가 좋으이 내보다 더 성공할 수 있을 끼다. 국향
언니 덕분에 고향으로 돌아온 그녀는 곧장 예기 양성소인 권
번으로 향했다.

　권번은 일종의 사설 국악교육기관이었다. 1896년 고종이
관기 훈련소였던 교방을 폐쇄하자 기생들은 먹고살기 위해
조합을 만들었다. 그런 기생조합을 일본인들은 권번으로 고
쳐 불렀다. 어쨌든 그렇게 이름이 바뀐 동래권번에서는 소리
와 춤, 악기 연주, 한자 공부, 묵화, 교양 등을 동기(童妓)들에
게 공부시키는 중이었다. 그중에서 창과 춤만은 악생(樂生)에
게 수업료를 지급해야 했는데 그 돈을 국향 언니가 기꺼이 부
담하겠다는 것이었다. 그러니까 그게 그녀의 나이 열네 살 때
의 일이었다.

　기생(妓生)이란 원래 학생(學生), 유생(儒生)처럼 기예로 생
업을 삼은 사람이다. 그러므로 기생은 예인이었고 예인을 양
육하는 곳이 바로 권번이었다. 동기(童妓)가 되어 권번에 첫발
을 내디뎠을 때 그곳에서는 아이들이 한창 춤사위를 익히는
중이었다. 악생을 중심으로 그녀 또래의 아이들이 얼추 서른

명 가까이 둥그렇게 모여 앉아 있었다. 춤은 굿거리장단이 기본이다. 계월아, 네가 먼저 시범을 보이거라. 성숙한 태가 물씬 풍기는 계월이 선생 앞에 와서 섰다. 그러자 기다렸다는 듯이 선생의 북채가 움직이기 시작했다. 덩~ 기덕! 쿵 더러러러러 쿵~ 기덕! 쿵 더러러러러. 그때 곁에 앉아 있던 덧니가 돋보이는 아이가 속삭인다. 잘 봐둬, 저 언니가 바로 그 유명한 김계월이니까. 그녀는 그러냐는 듯이 고개를 주억여 보였다. 그러자 이번에는 반대편에 앉았던 아이가 입술의 점을 씰룩이며 나선다. 기예는 연마하지 않으면 금세 녹이 슬어, 그래서 맨날 나와서 연습을 해야 해, 언니가 여기 온 것도 그 때문이지. 입술점의 행티를 지켜보고 있던 덧니가 지지 않으려 다시 나선다. 장단을 맞추시는 악생은 춤꾼 최소학 선생이시지. 그러자 입술점이 또 끼어든다. 웬만한 악기는 다 다룰 줄 아는 분이기도 하고. 그녀는 두 아이의 언쟁에 잠시 우두망찰했다.

말 한마디도 지지 않으려고 서로 언쟁하던 입술점의 원옥화와 덧니 김강남월. 이후 세 사람은 서로 단짝이 되어 평생 친구로 지냈다. 강남월의 끼가 유감없이 발휘되는 부문은 단연코 판소리 단가였다. 소리 선생 최장술은 물론이거니와 까다롭기로 소문난 강창범 선생마저도 강남월의 노래 앞에서는 잔소리를 하지 않을 정도였다. 동기들은 그것을 더러 강남월의 귀여운 덧니 탓으로 돌리며 질투하기도 했다. 하지만 그녀는 알고 있었다. 강남월이야말로 소리를 제 맘껏 주물러대는 재주를 타고났음을 말이다. 강남월과 달리 옥화는 소리보다는 손놀림이 좋았다. 그러니 악기 다루는 솜씨야말로 타의 추종을 불허할 정도였다. 악기 중에서도 옥화의 가야금 산조는 듣는 이의 가슴을 쥐어뜯는 듯한 울림이 좋아 악생마저 극찬했다. 그러니 벗들 덕분에 배움이 얼마나 즐거운 것인지 알게 되었고 그것으로 하여 세상에는 기쁨도 존재함을 알게 되었다고나 할까. 하지만 수업이 끝나면 그런 즐거움도 끝이었다. 그녀에게는 반겨줄 부모도 집도 없었으니까. 더군다나 머물고 있는 국향 언니의 집도 돌아가는 시각이면 텅텅 비어 있기 일쑤였다. 그러니 그녀가 할 수 있는 것은 오로지 하루 빨리 기예를 익히는 일뿐이었다. 그녀는 친구들이 다 돌아간 뒤에도 혼자 권번에 남아 북과 장구를 치며 소리를 익혔다. 동래고무와 같은 춤사위는 스스로 구음을 매기며 복습했다. 그런 연습 덕분에 매월 치러지는 경연대회에서 일등을 독차지할 수 있었는지 모른다.

그날도 그랬다. 혼자 남아 구음을 매기면서 춤동작을 연습하고 있을 때였다. 평상시와 다른 점이 있었다면 그날따라 이상하게 어머니가 보고 싶었고, 아버지의 한 맺힌 얼굴이 떠올랐으며, 늘 미소 짓던 오빠의 목소리까지 생생했다는 점이다. 그 바람에 그녀의 마음은 울적했고 그런 울적함을 가락에 담아 춤사위를 엮어갔을 것이다. 한데 정신을 차려보니 도포 입은 노인 하나가 그녀의 곁에서 함께 춤을 추고 있는 것이 아닌가. 그녀는 놀라 허턱 춤을 멈췄다. 그러거나 말거나 노인은 계속 춤을 추었다. 그녀는 노인을 살폈다. 어딘가 안면이 있는 듯한 양반이었다. 그때였다. 노인이 입을 열었다. 소리가 많이 익었구나. 구음이야말로 몸에 숨어 있는 춤을 불러오게 하고 저절로 어깨를 들썩이게 하제, 내 춤을 보면서 다시 불러보거라. 노인은 어릴 적 고모댁에서 본 양반이었다. 고모의 말마따나 정처 없이 바람처럼 떠돌다가 다시 이곳까지 또 흘러온 모양이었다. 그날 취기가 오르자 노인은 허공을 날듯이 덩실덩실 학춤을 추었다. 노인의 춤사위는 마치 하늘을 나는 한 마리 학이었다. 그러니 노인을 어찌 잊을 수 있을까. 구음을 와 입타령이라 그러는 중 아느냐? 입으로 모든 악기 소리를 내니까. 악기 없이 춤출 때는 이만한 노래가 없지. 말을 하면서도 노인은 다음 춤사위를 잊지 않고 계속 이어갔다. 그녀는 노인의 춤사위를 지켜보다가 나직이 소리를 내기 시작했다. 나니놋 니나웃. 그 노인이 서편제의 보성 소리꾼 박기채 선생이셨다.

3년이란 세월은 금세였다. 이제 그녀는 동기가 아닌 한 여성으로서 자립해야 할 시기를 맞아야 했다. 그 통과의례가 바로 동기딱지를 떼는 일이었다. 기생이 된다 함은 혼인하지 않고 살겠다는 것과 마찬가지니 화초머리를 올리는 일은 곧 기생들의 성인식이나 다름없었다. 문제는 기예증을 받고 당당하게 활동하려면 준비할 물품이 많다는 거였다. 옷이며 장신구며 화장품이며 악기 일습을 구비하려면 꽤 큰돈이 필요했다. 해서 부유한 남자에게 초야권을 파는 게 관례였다. 하지만 그녀는 그런 관습을 받아들이고 싶지 않았다. 그랬는데 그런 그녀의 행동이 되레 남정네들의 욕망을 부추기는 꼴이 되고 말았다. 서로 더 많은 패물을 안겨주겠다며 나섰다. 그러자 행수 기생마저 노골적으로 나오기 시작했다. 이년아, 평생 모을 재산을 마다하는 빙시가 어딨노? 네년 몸뚱이는 천년만년 갈 것 같나? 봄이 가고 꽃이 늙으면 문전이 냉락한 거를 니가 정녕 모린단 말이가? 주위에서 다그칠수록 이상하게 고집이 늘어갔다. 그러던 어느 봄날이었다. 어느 요릿집에 경연을 나섰다가 그녀는 그녀 자신도 모르게 그만 가슴이 후끈 달아오르고 말았다. 코르덴 양복을 입은 젊은 신사 때문이었다. 일본 유학까지 다녀와 부산 어딘가에서 설계업을 하고 있다고 했다. 저런 남자라면 화초머리를 얹어도 좋을 성싶었다. 하지만 그건 어디까지나 그녀의 마음일 뿐, 남자는 미동조차 없었다. 그렇다고 그녀 스스로 옷고름을 풀 염도 낼 수 없었다. 그런 시대였다. 그런데도 남자는 그녀의 뇌리에 똬리를 틀고 앉아 떠나지 않았다. 그런 걸 사랑이라 부른다면 그 남자는 그녀의 첫사랑인 셈이었다.

묘령의 나이라 그런 것일까. 아니면 '채 맞은 생짜'라는 소문 때문일까. 그녀의 명패는 늘 앞쪽에 걸려 있었다. 그러니 하룻밤에 두어 번의 연회 공연은 기본이 되다시피 했다. 인력거를 타고 집으로 돌아오면 몸이 데친 시래기처럼 늘어졌다. 그런 가운데 낮에 불상추놀이며 단풍놀이 주연까지 불려가는 날이면 옷고름도 풀지 못하고 쓰러지기 일쑤였다. 그러던 어느 하루였을 것이다. 주연에 초청되어 갔더니 인근 관공서에 무슨 기관장 모임이 있었는지 잘 차려입은 양반들이 자리를 꿰차고 앉아 있었다. 그들 한가운데는 제독 계급을 단 미군과 제복 입은 조선인 경찰이 나란히 앉아 있었다. 제복 입은 경찰은 지역에 꽤 악명을 떨치던 위인이었다. 그는 일본인 앞잡이 노릇을 하던 고등계 순사였다. 대일본제국이라고 받들어 모시던 나라가 패망하자 그의 행방이 묘연했다. 누군가는 일본 본토로 도망갔다고 했다. 그랬는데 미군정이 시작되자 잽싸게 경찰 자리 하나를 꿰차고 나타난 것이다. 소문으로 듣던 그의 모습을 눈으로 확인하자 역겨웠다. 하지만 연회를 초청한 주최였으므로 어쩔 수 없이 끊은 시간은 채워줘야 했다. 공연을 시작했다. 옥화의 가야금 산조가 끝나고 이어 그녀가 소리를 하기 위해 나설 때였다. 오마에 고찌 코이.(헤이, 너 이리 와봐.) 취기를 핑계 삼아 제복 경찰이 그녀를 불렀다. 아직도 일본말이라니. 같잖았지만 주연의 흥을 깨고 싶지 않아 다가갔다. 그러자 제복이 빈 잔을 든 채 소리쳤다. 코노 혼나 후쿠가 치기레

소우야 나아. (고년 몸이 옷을 견디지 못하는구나.) 제복이 그녀의 젖가슴을 술잔으로 툭툭 쳤다. 순간 모여 앉아 있던 사람들이 일제히 물기 흥건한 웃음을 터뜨렸다. 오사케 잇빠이 이레떼.(술 한 잔 따라봐.) 그녀는 잠시 망설이다가 입을 열었다. 우리는 예인이지 오키야 권번의 게이샤 같은 성적 노리개가 아닙니다, 그러니 술을 따르게 하는 것은 결례이지요. 뭣이라? 잡년 주제에 어디서 지조 타령이야! 말이 떨어지기 무섭게 주먹이 그녀의 얼굴로 날아들었다. 그녀는 알고 있었다. 이 모든 게 다 자신이 누구인가를 미군 제독 앞에서 각인시키기 위한 술책임을. 그것이 얄팍한 그의 생존법이란 사실까지.

만약 그가 일본말을 하지 않았다면 어땠을까. 두 눈 딱 감고 술을 따라주었을까. 하긴 세상은 이미 변하고 있었다. 예기라는 자존감을 버리고 돈을 좇아 옷을 벗기도 한다는 것을 그녀 또한 모를 리 없었다. 하지만 세상이 아무리 혼탁하더라도 그녀만큼은 예인의 길을 고수하고 싶었다. 경찰의 주먹을 맞은 걸 핑계 삼아 그녀는 집에서 모처럼 푹 쉬었다. 그런데도 연회 초청은 멈추질 않았다. 그런 와중에 단골 양반의 간곡한 초청이 거듭되자 자리를 떨치고 일어나지 않을 수 없었다. 그녀를 부른 횟수가 대체 얼마였던가. 웬만한 재력가가 아니고서는 5원, 7원, 10원씩이나 하는 비싼 요리상을 매일이다시피 대령할 수 없었으리라. 게다가 늘 선 화대까지 100시간씩 끊어주니 그이만큼은 무시할 수 없는 고객 중의 고객이었다. 그 바람에 권번에서는 벌써 그녀를 '대령기생'이라 놀리는 치도 있었다. 어떤 이는 한술 더 떠서 이번 참에 아예 '귀 먹은 기생'이 되어 한몫 단단히 챙기라고 부추기기까지 했다. 처자가 있는 양반이 가정을 이렇게 홀대하고 그녀만 찾으니 생각 같아선 행하(行下)고 뭐고 이젠 그만 찾으라고 냉정하게 말해주고 싶었다. 하지만 그렇게 말한들 그이가 들을 리 만무함을 알고 있었다. 더군다나 그녀의 마음마저 갈대처럼 흔들리고 있었으니 이를 어쩌란 말인가.

자리에 들어섰을 때 남자는 이미 만취한 상태였다. 평양기생 치마폭은 벗어나도 동래기생 치마폭에는 묻히고 만다더니 내가 딱 그짝이구려. 남자는 힘 빠진 문어처럼 흐느적거렸다. 마음 같아서는 달려가 그를 부축해주고 싶었다. 하지만 참아야 했다. 힘든 일이 있으셨나 보네요, 메나리조로 단가나 한 수 읊으리까? 남자가 고개를 가로저었다. 그냥 허심탄회하게 얘기나 나누자고 불렀소. 그녀는 요리상 맞은편에 무릎 하나를 세우고 마주 앉았다. 금선인 내가 어떡하면 좋겠소, 정식으로 아내로 맞으면 마음을 열겠소? 남자의 말에 그녀는 살포시 고개를 들었다. 남자의 눈에 물기가 가득 어려 있었다. 그런 남자를 보자 오뉴월 보리단술같이 변덕스러운 게 남자의 마음이라던 말이 거짓말같이 느껴졌다. 그녀도 모르게 그만 눈물이 핑 솟구치고 말았다.

눈물을 보인 것이 화근이었을까. 남자는 서둘러 택일을 했다. 그리고 혼례식 준비를 서둘렀다. 차라리 그때 남자를 말렸어야 했는지 모른다. 하지만 그 말이 왜 그렇게 나오지 않았는지. 어쩌면 그녀도 여느 여자들처럼 그런 평범한 지어미의 길이 부러웠는지 모른다. 혼례식 날짜는 다가왔고 일가친척을 불러 식까지 거행한 후 신접살림을 냈다. 그리고 지아비와 지어미로 한 잠자리에 눕자 모든 게 꿈만 같았다. 그렇다고 그 꿈이 유리그릇처럼 부서지기 쉽다는 것을 그녀가 모를 리 없었다. 그랬으니 더욱 조바심칠 수밖에. 공장에 안 나간 지 오래구려. 내 퍼뜩 갔다가 금방 오리다. 남자의 말을 듣는 순간 이제 기다리는 일만 남았구나 싶었다. 제 걱정은 말고 다녀오셔요. 그녀는 내색 않고 그렇게 말했다. 그렇게 집을 나가기 시작한 후 남자의 귀가는 점점 늦어졌다. 사나흘에 걸쳐 한 번씩 오더니 일주일 만에 나타났고, 일주일은 다시 보름으로, 보름은 한 달로 길어졌다. 해가 거듭되자 아예 두어 달씩 소식이 끊기는 일마저 다반사였다. 기다리는 일은 이제 그녀의 일상이 된 지 오래였다. 그런 기다림을 달래려 판소리 독선생을 앉히기도 했다. 하지만 창공을 나르던 새가 조롱에 갇힌 듯 갑갑할 따름이었다. 남자는 그런 미안함을 상쇄하려고 집에 올 때마다 귀한 선물을 안겼다. 생전 듣도 보도 못한 물건들. 옷이

며 구두, 핸드백, 스타킹에 심지어 서양녀들이 한다는 브래지어라는 젖가리개도 처음으로 그에게서 선물로 받았다. 뿐인가. 그 비싼 축음기까지 사주기도 했다. 하지만 엔카(演歌, えんか)로도 기다림의 외로움을 통째로 삭일 순 없었다. 그런 터에 좌우익의 혼란은 전쟁으로 번졌고 그렇게 시작된 전쟁은 그칠 줄 몰랐다. 지루한 전쟁은 자재 조달을 끊게 만들었고 끝내는 남자의 공장문마저 닫아걸게 했다. 그러자 남자의 입에서 매일 한숨만 터져 나왔다. 그런 남자를 보고 있자니 이 모든 상황이 마치 그녀가 부러 만들어놓은 것만 같았다. 참다못한 그녀가 말했다. 정 힘들면 처자식이 있는 집에라도 갔다오셔요. 미쳤소? 부모가 억지로 맺은 인연 무슨 미련이 남았다고 내가 가겠소? 남자의 말에 눈물이 났다. 그렇다고 서로 얼굴만 마주보고 앉아 굶어 죽을 수는 없었다. 그런 그녀의 마음을 말하자 이번엔 남자도 만류하지 않았다. 수중에 지닌 돈으로 다방을 열었다. 하지만 경험 없는 장사가 성공할 리 없었다. 장사를 접고 일식집을 차렸지만 그것도 그리 오래가지 않았다.

그렇게 그녀가 먹고살기 위해 아등바등할 때 남자가 쓰러졌다. 그 소식을 어떻게 알았는지 본가에서 남자의 부인이 찾아왔다. 살아서는 자네 차지더니 죽을 지경이 되어서야 내 차지가 되는구먼. 그녀로서는 할 말이 없었다. 그렇게 부인의 손에 이끌려 떠나간 남자. 그 남자는 끝내 돌아오지 못했다. 영영 이 세상을 뜨고 만 것이다. 남편의 비보를 듣고 빈소로 달려가고 싶었다. 하지만 그럴 수 없음을 누구보다 잘 알지 않는가. 그러니 밤새 혼자서 통곡할 수밖에.

슬하에 자식이라도 있었으면 덜했을까. 곁에 아무도 없으니 자연스레 술과 담배와 노래로 하루를 맞고 보냈다. 남편이 생각나면 남편이 사준 축음기를 틀고 노래를 따라 부르며 울었다. 그러다가 내가 왜 이러고 있지 싶어 정신을 차리니 오 년이란 세월이 흘러가 있었다. 그 많던 패물과 가재도구들도 이미 어디론가 사라진 지 오래였다. 이젠 한 끼를 위해 팔아야 할 건 몸뚱이밖에 없었다. 배운 재주라고는 노래와 춤이니 갈 곳이야 뻔한 터수였다. 자네, 여 와 나왔노? 건축 설계업을 한다던 코르덴 양복을 입은 젊은 신사. 한때 그녀가 속으로 흠모하던 첫사랑이었던 남자. 그를 보자 갑자기 눈물이 솟구쳤다. 그녀의 마음속엔 아직 젊은 그 남자가 이렇게 늙다니. 그런 서러움 때문이었을까. 아니면 그녀가 살아온 한 맺힌 서러움 탓이었을까. 자신도 모르게 단가가 아닌 그만 엔카풍 가요가 흘러나오고 말았다. "참을 수가 없도록 이 가슴이 아파도 여자이기 때문에 말 한마디 못하고 헤아릴 수 없는 설움 혼자 지닌 채 고달픈 인생길을 허덕이면서 아~ 참아야 한다기에 눈물로 보냅니다, 여자의 일생. 견딜 수가 없도록 외로워도 슬퍼도 여자이기 때문에 참아야만 한다고 내 스스로 내 마음을 달래어가면서 비탈진 인생길을 허덕이면서 아~ 참아야 한다기에 눈물로 보냅니다, 여자의 일생." 그녀의 노래가 끝나도 좌중의 누구 하나 입을 열지 않았다. 술청은 깊은 고요에 빠져 있었다. 그제야 그녀는 아차 싶었다. 눈가를 재빨리 훔쳤다. 자네, 이리 좋은 자리 망칠 셈인가? 어서 구음이나 매겨주게, 나도 자네를 만났으니 오랜만에 춤이라도 실컷 추고 싶네. 남자는 벌떡 일어서더니 양복 윗도리를 벗어던졌다. 그리고 그녀를 촉촉한 눈으로 바라보았다. 이윽고 그녀의 입에서도 화답하듯 나니놋 니나웃, 구슬픈 가락이 울려 나오기 시작했다.

어머니의
노래

**박차정 독립운동가
가문에 부쳐**

　　역사는 잔인하다. 단지 그 행적이 기록되
지 않았다는 이유만으로 철저히 배제되다니. 조국의 독립을
위해 자신의 생을 건 이들이야말로 기억을 통해서만 위로를
받을 수 있는 유일한 존재들이 아니던가. 그런데 단 하나뿐인
자신의 목숨까지 조국을 위해 바친 그들을 기록의 유무만으
로 내팽개쳐야 한단 말인가. 정녕 역사는 살아남은 자들만을
위한 변명이더란 말인가. 나는 자식 셋을 독립투쟁의 제단에
바친 조선의 어미다. 내 배 앓아 낳은 자식을 셋이나 조국에
바쳤으니 이 얼마나 영광스러운가. 그런데도 나는 영광은커녕
죽어서도 이렇게 억울하게 이승을 맴돌고 있다. 자식만 생각
하면 가슴이 천 갈래 만 갈래 찢어지니 이런 마음으로 어찌 저
승길을 떠날 수 있겠는가.

나는 1883년 동래군 기장에서 태어났다. 꽃다운 18살에 동갑인 박용한을 만나 결혼했다. 그리고 지금의 동래구 칠산동 319-1번지에 신접살림을 차렸다. 집에는 맑고 깊은 물이 샘솟는 우물이 있어 더없이 좋았다. 게다가 널찍한 마당에 세 칸짜리 방을 갖춘 집이었으니 삼이웃들은 입을 모아 시댁이 부잣집이라 신접살림도 휘황하다며 부러워들 했다. 그때야 다들 형편없는 토막에서 살고 있을 때였으니 그런 소리를 듣는 것도 당연했다. 벌열한 시댁 덕에 호사를 누린다고 했지만 기실 내 마음은 그런 게 아니었다. 남편 때문이었다. 한 가정의 가장이었지만 남편은 집안 살림은 안중에 없었다. 자식들을 위해서는 돈을 벌어야 했지만 관심을 둔 것은 오로지 신학문뿐이었다. 남편이 신학문에 빠진 건 신문물이 왜관을 통해 물밀듯이 밀려오던 대한제국 말기라 더욱 그랬는지 모른다. 남편의 관심은 기어이 그의 발걸음을 동래기영회에서 세운 개양학교로 향하게 했다. 그리고 개양학교를 졸업한 후에도 만족하지 못하고 그예 서울 유학만 꿈꾸기 바빴다. 이왕 배우려 나선 걸음, 예서 포기하고 싶진 않구려. 남편의 발길을 막고 싶었지만 지아비의 꿈을 어찌 일개 아녀자가 가로막을 수 있는 시대였던가. 도리없이 받아들일 수밖에.

서울에는 나의 사촌동생 김두봉이 있었다. 사촌동생은 교사생활을 하면서 주시경 선생 밑에서 한글을 연구하는 중이었다. 그러니 남편도 그런 학자가 되려니 했다. 한데 무슨 속셈인지 보성전문학교에 입학한 남편이 느닷없이 탁지부 양지과의 측량기술 속기생 모집에 응하고 말았다. 남편의 말에 의하면, 측량기술을 익히면 특채로 탁지부에 근무할 수 있다고 했다. 신기술을 익혀 생업으로 삼으면 애옥살림이지만 분가도 가능하겠거니 싶어 외려 잘됐다 싶기도 했다. 1907년 11월 측량기술견습소 수료한 남편은 측량기사로 임용되었다. 그리고 얼마 뒤 남편은 집에 다니러 왔다. 임자, 나 왔소! 대문으로 들어서는 남편을 보는 순간 나는 두 눈이 화등잔처럼 커지고 말았다. 멋진 양복을 입은 신사가 내 남편이라니. 남편이 자랑스럽고 대견했다. 아이들도 제 아빠의 멋진 모습에 우쭐했는지 골목으로 달려나가 친구들에게 자랑질을 하고 있었다.

며칠 뒤 남편은 다시 서울로 떠났다. 그렇게 타지에서 힘들지만 잘 지내겠거니 했는데 이게 웬일이람. 남편이 일 년 만에 그만두고 돌아온 것이다. 와 그캤소? 뭔 일이 있어서 그랬소? 남편은 성가시다는 듯 마지못해 입을 열었다. 남정네가 할 일이 아니라 어쩔 수 없었소. 남편은 긴 이야기를 하지 않았다. 워낙 성질머리가 더러우니 자꾸 따지고 들었다가는 남편을 술집으로 내모는 셈이었으니까. 며칠 뒤 대충 그만둔 이유를 알아챘다. 일본사람과 같이 다니면서 토지조사를 하니 일본인 앞잡이 노릇한다고 손가락질을 해대는 것이 싫었음을. 안 그래도 나라 꼴이 일본의 손아귀에 놀아나고 있었으니 남편 성정에 오죽했을까. 남편이 말했었다. 이렇게 나가다간 일본놈들에게 나라를 통째 빼앗길지 모른다고. 남편의 말이 옳았다. 1910년 8월 22일, 대한제국은 지도상에서 없어진 나라가 되고 말았다. 일본은 때가 왔다 싶은지 곧장 조선총독부를 두어 대한제국의 흔적을 지워나가기 시작했다. 뜻있는 사람들이 나섰으나 한번 기운 국운을 회복할 순 없었다. 남편은 술만 마시면 시국을 개탄했다. 사촌동생 김두봉은 끝내 학자의 길을 접고 중국으로 떠나고 말았다.

그러던 어느 날이었을 것이다. 밤이 꽤 깊었는데도 남편은 돌아오지 않았다. 친구들과 어울려 또 시국을 개탄하며 술이나 마시겠거니 했지만 그날만큼은 이상하게 불길하기만 했다. 역시나 남편은 다음 날 해가 중천에 솟도록 오지 않았다. 혹여 싶어 단골 술집이며 친구네들까지 수소문했지만 행방을 찾을 순 없었다. 그런데 그런 남편이 물에 젖은 주검이 되어 돌아오다니. 난 남편을 두 눈으로 보면서도 그 사실을 믿을 수 없었다. 다대포 갈대밭에 쓰러져 있는 것을 인근 어부가 발견했다고 했다. 처음에는 남편이 술에 취해 한뎃잠을 자다가 화를 당했거니 했다. 한데 제 울분을 참지 못해 스스로 생목숨을 끊었다니. 남편의 안주머니에 들어 있던 유서를 읽을 때에는 작은

붓을 쥔 것처럼 손이 떨렸다. 남편이 나라가 망할 때부터 죽음을 준비하고 있었단 말인가. 그런데도 미련하게 난 아무런 눈치도 채지 못하다니. 이런 어리석은 여편네가 어디 있나 싶어 부른 배를 안고 통곡하고 또 통곡했다.

남편이 죽고 두 달 후, 막내아들 문하가 태어났다. 이제 나는 다섯 남매의 어미가 된 것이었다. 턱 밑까지 차오른 자식 다섯을 데리고 혼자 살아갈 생각을 하니 눈앞이 막막했다. 그런 차에 동래고보 졸업반이던 맏아들 문희가 난데없는 폭탄선언을 하고 나섰다. 그게 뭔 소리냐, 전도사라니? 신앙심도 별로 없는 아이가 느닷없이 목회자의 길을 걷겠다니 놀라울 따름이었다. 호주선교회에서 학비 전액을 지원해준대요. 그러니 엄마, 학비 걱정은 안 해도 돼요. 제 딴에는 가정형편을 생각해 그런 마음을 먹은 모양이었다. 그래도 넌 집안의 대주 아니냐. 대주도 밥은 벌고 살아야죠. 자식 이기는 부모 없다더니 내가 딱 그랬다. 문희는 기어이 서울성서대학에 원서를 넣었고 서울로 떠나버렸다. 병약한 큰딸 수정이도 부산진일신여학교를 졸업하자마자 일자리를 구해 제 밥벌이를 시작했다. 수정이 덕분에 조금 숨통이 트이는 기분이었다. 문제는 둘째 녀석 문호였다. 겨우 동래보통학교를 졸업한 주제에 자기도 돈을 벌겠다고 나서는 게 아닌가. 니 맘 다 안대이, 하지만 니는 아직 더 배워야 된다카이. 동생 차정이랑 문하는 어쩌려구요?

그건 이 어미가 다 알아서 할 일이다. 쥐뿔도 없는 집에서 어머니 혼자 알아서 뭘 어쩌시려구요? 제 아비의 성정을 빼박은 놈이 문호였다. 그런 문호마저 어린 동생 둘을 생각해 일하겠다고 나서니 별 뾰족한 방도가 없었다. 둘째 딸 차정이야말로 얼마나 명민한 아이던가. 오빠의 그 어려운 책도 척척 읽고 이해하던 딸내미가 아니던가. 그러니 학교에서 늘 선생님의 칭찬을 한 몸에 받을 수밖에. 더군다나 작문도 좋아해 방에만 들어서면 공책에 뭔가를 끼적이는 걸 놀이 삼지 않았는가. 그러니 여식이었지만 서울에서 공부하는 사촌동생 두봉이에게 보내 학자로 키우고 싶었다. 해서 부러 친정 나들이를 갈 일이 생기면 차정을 안동하고 가곤 했던 것이다.

그런 차정이가 언제부터인지 움직이는 불덩이가 되어 있었다. 그게 민족교육을 시키는 학교 선생님 탓도 컸겠지만 동래시장에서 펼쳐진 만세운동도 무시하지 못할 것이다. 민족대표 33인에 의해 세계만방에 선언한 독립선언 시위는 이곳까지 확산되었다. 동래장날이던 3월 13일, 동래고등보통학교 학생이 중심이 된 수천 명이 함께 만세운동을 펼쳤다. 만세운동은 다음 장날인 3월 18일, 범어사의 명정학교와 지방학림 학생과 군중이 합류하여 규모가 커졌고 부산 전역까지 퍼져나갔다. 3월 29일 구포 장날에는 대형 태극기와 현수막까지 앞세워 시위가 펼쳐졌고 기장에서도 농민과 장꾼이 합세한 가두시위가 벌어졌다. 기장만세운동을 주도한 사람 중 하나가 아이들의 숙부 박일형이었다. 집안에 인재가 났다고 경기고보에 진학시켰더니 만세운동을 벌이려 고향에 내려온 모양이었다. 숙부가 부산경찰서에 구속되자 집안이 발칵 뒤집혔다. 그러니 차정 또한 이를 모를 리 없었다. 똑똑한 숙부를 흠앙하여 믿고 따르던 아이가 차정이었으니까 말이다.

1920년 9월 28일. 이화학당 여학생 유관순이 시위 주동자로 몰리어 사형되었다. 그 소식을 듣고 내가 어린 것이 무얼 안다고 나섰을까 혀를 찼더니, 차정이 뭐라고 했던가. 여자라고 시국을 무시한 채 집 안에 틀어박혀 있어야 하느냐며 되레 어미를 가르치려 들지 않았던가. 그때 심지어 차정은 식민지 여성의 현실까지 입에 올렸다. 그 말을 들으면서 난 한숨만 쉴 수밖에 없었다. 하지만 어쩌겠는가. 몸은 부모가 만들어도 속은 저 하늘이 만드는 거라고 했으니 그저 지켜볼 수밖에. 독립 만세운동이 일경에 의해 무력화되자 청년들의 민족의식은 더욱 강렬하게 불타올랐다. 사회주의 계열과 민족진영 단체가 힘을 합쳐 조선청년총동맹을 결성하자 동래에서도 지부가 생겨났다. 차정은 어린 몸으로 조선소년동맹 동래지부에 가입했다. 물론 그 중심에는 숙부 박일형이 있었다. 때마침 부산진일신여학교가 집 근처로 이전해 문을 열었다. 교명까지 동래일신여학교를 바꾼 학교에 차정이 선뜻 진학을 희망했다.

차정이 고등과 1학년에 들어간 그해, 큰아들 문희가 신학공부를 마치고 고향으로 돌아왔다. 그 이유가 만세운동 때문인지 결혼 때문인지는 모르겠다. 확실한 건 목회자의 길을 영영 접었다는 거였다. 문희의 말마따나 종교를 통한 민중계몽에는 한계가 있다는 거였다. 그러니까 문희의 핏줄에는 여전히 아비의 울분이 흐르고 있었다고나 할까. 문희는 고향에 돌아오자마자 숙부 박일형과 손잡고 본격적인 사회활동을 펼치기 시작했다. 동래청년연맹 창립에 주도적으로 참여했고, 이듬해에는 동래혁파회, 정우회 집행위원까지 도맡았다. 가정을 꾸려놓고도 집 바깥만 나돌자 이를 지켜보던 바깥사돈이 찾아왔다. 한 집의 가장이 식솔을 내팽개치고 밖으로만 돌면 어쩌누, 이 사람아. 그럴 바에는 차라리 공부라도 더 하게. 문희는 장인의 권유를 받아들여 1927년 4월 일본으로 향했다. 일본대학 경제학부에 입학하기 위해서였다. 한 달 후, 여성의 공고한 단결과 지위향상, 그리고 봉건적 굴레와 일제침략으로부터의 해방을 목표로 여성운동단체 근우회 동래지부가 결성되었다. 짐작대로 차정은 머뭇거림도 없이 가입했다.

유서 깊은 고장답게 만세시위와 사회운동이 활발해지자 동래경찰서도 바쁘게 돌아가고 있었다. 그런 차에 노덕술이라는 일본 앞잡이 순사가 발령을 받아 이곳으로 부임했다. 조선인

이면서 자신의 영달을 위해 독립투사를 잡아들이는 매국노 같은 악질순사가 부임하자 시장통에는 살얼음이 끼인 듯 긴장감이 나돌았다. 노덕술은 자신의 공적을 쌓기 위해 부임하자마자 건수 찾기에 혈안이었다. 동래청년동맹 집행위원장 겸 신간회 동래지회 간부로 활동하던 숙부 박일형은 노덕술에게는 좋은 먹잇감이었다. 사회불안 조성을 빌미로 숙부를 체포하기에 이르렀고 급기야 고문까지 했다. 그런 경황 없는 와중에 신혼의 꿈에 젖어 있던 큰딸 수정이 끝내 눈을 감았다. 아픈 것을 알면서도 제대로 약 한 번 해 먹이지 못한 게 한이 될 줄이야. 상을 치르는 내내 울었다. 울어도 울어도 눈물은 마르지 않고 흘러내리기만 했다. 여동생의 비보를 들었는지 일본에서 문희가 돌아왔다. 어차피 적성에 맞지 않아 그만두려고 하던 차였어요. 그 길로 문희는 유학의 길마저 접고 신간회 감투를 덜컥 덮어썼다. 그리고 잃은 시간을 만회하려는 듯 열성적으로 활동하기 시작했다. 이듬해 신간회 중앙집행위원으로 선출되더니 민중 계도를 위해 떠난다며 전국 순회강연을 나섰다.

동래누룩조합 사무원으로 착실하게 일하던 둘째 문호가 기어이 사고를 냈다. 언제부터인가 술마저 입에 대기 시작한 터라 내심 불안했는데 이렇게 큰일을 저지르다니. 누룩조합의 뭉칫돈을 들고 사라지자 동래 전체가 들썩였다. 돈도 돈이려니와 아예 종적까지 감춰버린 것이 어미로서는 더 걱정이었다. 혹여 순사에게 잡혀갔나 싶어 동래경찰서며 부산경찰서까지 찾아갔다. 그래도 행방은 묘연했다. 그런 차에 문호로부터 편지가 도착했다. 잘 있으니 걱정 말라면서. 문호는 지금 북경 화북대학 사회학부에 입학해 공부하고 있다면서 누룩조합의 돈은 공부가 끝나는 대로 갚을 테니 그때까지만 참아달라고 했다. 더군다나 아이들의 외당숙 김두봉과도 자주 만난다니 이 얼마나 다행스런 일인가. 외당숙은 만세운동 후 탄압이 심해지자 중국으로 건너간 후 소식조차 끊겨 있던 사이가 아니었던가. 그러니 중국유학을 떠난 문호가 조선공산당재건동맹 선전부 책임자로 일하고 있을 줄이야 꿈에도 상상이나 했겠는가.

광주의 분위기가 심상찮게 돌아가고 있었다. 11월 3일, 광주시내에서 빚어진 한·일 중학생 간의 충돌사건은 광주지역 학생뿐만 아니라 호남의 전 지역으로 확산되고 있었다. 안 그래도 일제강점의 울분이 쌓여 있던 때라 광주 소식은 사람들의 가슴에 기름을 들이부은 격이었다. 시위는 서울을 거쳐서 전국 각지로 빠르게 확산되었다. 때마침 근우회 중앙위원이 되어 서울에 머물고 있던 차정은 서울여학생시위사건의 배후 조종자로 일경에 긴급 체포되었다. 사태 확산을 예의주시하던 일경이 10년 전 만세운동의 악몽을 사전에 차단하기 위해 대대적인 체포 작업에 들어갔던 것이다. 체포자에 대한 고문도

심했다. 차정은 심한 고문으로 이미 만신창이가 되어 있었다. 같은 서울에 있던 문희가 하나밖에 없는 여동생의 소식을 모를 리 없었다. 문희는 여동생을 보석으로라도 빼내기 위해 백방으로 노력했다. 그 바람에 차정은 한 달 만에야 겨우 풀려날 수 있었다. 하지만 시위가 전국으로 확산되고 있어 재구속은 불 보듯 뻔했다.

때마침 중국에 있던 둘째 문호가 서울로 요원을 밀파시켰다. 요원을 통해 동생 문호의 뜻을 전해 받은 문희는 즉각 차정을 국외로 탈출시키기로 맘먹었다. 치밀한 계획 끝에, 일주일이 지난 2월 22일 저녁 8시경, 작전은 개시되었다. 어둠을 이용해 차정을 인천까지 이동시켰고 무사히 중국행 배까지 태울 수 있었던 것이다. 상해를 거쳐 북경에 도착한 차정은 둘째 오빠 문호를 만났고 외당숙 김두봉과도 상봉했다. 낯선 땅에서 외조카 둘을 한꺼번에 만난 당숙은 어쩔 줄 몰라했다. 하지만 그런 반가움도 잠깐이었다. 차정이 건강을 회복하자마자 의열단 단원이 되어 투사의 길을 걷기 시작한 것이다. 그것도 여성의 몸으로 무장투쟁의 길을. 아무리 나라를 위한 일이라지만 전 가족이 나서다니. 어미로서는 걱정이 태산 같기만 했다.

신간회 간부였던 문희는 끝내 신간회를 탈퇴했다. 민족진

영과 사회주의 계열 간의 투쟁노선이 번번이 갈등을 일으키니 견디기 힘들었던 모양이었다. 그런 차에 낯선 청년이 집으로 찾아왔다. 청년은 차정이 독립투쟁의 길을 걷고 있는 의열단장인 김원봉과 결혼 소식을 전했다. 일본경찰이 그렇게 잡고 싶으면서도 무서워 벌벌 떤다는 의열단장 김원봉. 그가 내 사위라니. 뿌듯함보다는 걱정만 태산 같았다. 게다가 아무리 동지로서 맺은 가약이라 할지라도 부모도 모르게 혼례를 치르다니. 그럴 수밖에 없는 정황이나마 알고 싶어 문희를 집으로 불렀다. 차정이가 결혼을 했다는데 어미를 대신해 중국에 다녀올 수 없었나? 문희는 알겠다고 했다. 하지만 사정이 여의치 못했다. 그 바람에 이듬해인 1932년 8월에야 겨우 중국행 배를 탈 수 있었다. 두 달쯤 지났을 때, 중국으로 떠난 문희가 돌아왔다. 문희는, 사위가 대단한 양반이라며 그런 사람이 매제라는 것이 자랑스럽다며 칭찬만 늘어놓았다. 사위가 어떤 사람인지 익혀 알았지만 아들에게 다시 그 말을 들으니 기분이 묘했다. 중국에 다녀온 문희는 다음날부터 무슨 중요한 일이 있는지 밖으로 나돌기 바빴다. 차정이가 문희에게 뭔가 부탁한 일이 있는 게 분명했다. 문희를 볼 때마다 가슴이 두근거렸다. 후에 안 일이지만 문희가 한 일은 의열단 지원자를 모집, 중국으로 보내는 일이었다.

기어코 사단이 났다. 문희가 바깥으로만 나돌자 참다못한 바깥사돈이 합의이혼을 요구하고 나선 것이다. 문희는 장인의 뜻을 순순히 받아들였다. 스스로 가장의 역할을 하지 못한 것을 잘 알고 있기 때문이었는지 이혼하기 무섭게 문희는 중국으로 떠나버렸다. 어미로서야 당연히 상심한 마음을 달래려 가는 줄 알았다. 그렇게 중국으로 간 문희는 석 달 뒤에 돌아왔다. 하지만 오자마자 또 싸돌아다니기 바빴다. 알고 보니 조선혁명 간부생 추가모집을 위해서였다. 하지만 조선혁명간부학교 수료생 다섯 명이 본국에 잠입해 활동하다가 일경에 적발되고 말았다. 그 바람에 지원자를 모집하고 파견했던 문희도 구속되고 말았고 2년형을 언도받았다. 부모의 강권에 막상 이혼한 처지였지만 며느리는 수감생활 내내 동래로 내려와 남편의 뒷바라지를 자청했다. 그 마음 씀씀이가 고마워 눈물이 날 지경이었다. 그런 와중에 문호마저 체포되어 나가사키 우라카미형무소에 수감되었다는 소식이 날아들었다. 면회라도 가고 싶었지만 갈 수 없으니 가슴만 태울 수밖에 없었다. 한꺼번에 두 아들이 영어의 몸이 되자 딸 차정이마저 어떻게 되는 건 아닌가 싶어 더럭 걱정이었다. 자식 셋이 독립운동을 하자 일경의 감시는 더욱 삼엄해졌다.

아가, 이러다간 내가 죽겠다. 이혼한 주제에 문희 옥바라지를 자청한 며느리에게 면목 없는 넋두리를 쏟고 말았다. 그러자 돌아온 며느리의 말이 눈물을 쏟게 만들었다. 그럼 어머님,

고모한테 한 번 다녀오실래요? 혼례식에도 못 갔으니 겸사겸사해서요. 그 먼 길을 우찌 가누, 여비도 애북 마이 들 텐데. 그건 걱정 마시고 다녀오기나 하셔요. 며느리는 꼭꼭 숨겨둔 쌈지돈을 내 손에 쥐여주었다. 덕분에 날씨가 풀린 여름, 막내 문하의 손을 잡고 상해로 가는 배를 탔다. 남경에 도착해 사촌동생 김두봉을 만났고 그렇게 보고 싶던 차정 내외와도 상봉했다. 처음 만난 사위는 군모를 벗고 장모에게 넙죽 엎드려 큰절을 했다. 왈칵 눈물이 솟구쳤다. 어미로서 결혼식에도 참례하지 못했으니 마음이야 오죽했으랴. 차정은 몹시 초췌해 있었다. 그래도 어미 앞에서 웃음을 잃지 않으려 애썼다. 하지만 중국군과 합세해 일본군과 맞서 싸운다는 것이 얼마나 위험한지 알기에 어미의 눈에서는 눈물만 줄줄 흘러내릴 뿐이었다. 혼수품으로 여태 가지고 있던 딸내미의 속적삼을 건넸다. 그제야 딸의 눈에서도 눈물이 맺혔다.

귀국하니 둘째 문호는 이미 이 세상 사람이 아니었다. 며느리로부터 옥사 소식을 들은 나는 그만 쓰러지고 말았다. 가정 형편 때문에 중도에 포기한 공부. 그것이 한이 되어버린 아이. 그런 아들이 시대를 잘못 만나 생목숨까지 잃다니! 생때같은 아들을 잃은 아픔이 채 삭이기도 전에 중일전쟁이 터졌다. 슬픔은 뒤로 미룬 채 산 자식 걱정부터 해야 했다. 차정의 안위만 걱정하며 하루를 맞고 하루를 보냈다. 그런 와중에 큰놈 문

희가 출소했다. 그리고 원하던 대로 아내와 재결합까지 하게
되었으니 위안이라면 위안이었다.

　모처럼 걱정을 잊고 산다 싶었더니 시샘하듯 비보가 날아들
었다. 차정이가 곤륜산전투 중에 가슴에 총상을 입고 쓰러졌
다는 거였다. 많이 다치지 않았다는, 아이들의 외당숙 김두봉
의 편지를 받았지만 그래도 걱정을 지울 순 없었다. 얼마 뒤,
차정이 끝내 숨을 거두었다는 소식이 날아들었다. 내 배 앓아
낳은 다섯, 그중 셋을 어미보다 먼저 저승길로 보낸 셈이었다.
슬펐지만 이제는 눈물마저 나지 않았다. 어쩌면 이런 일을 이
미 예상하고 있어 그랬는지 모른다. 그렇게 자식 셋을 잃었어
도 국내 상황은 나아지지 않았다. 되레 대동아전쟁 양상마저
도 긴박하게 돌아가고 있었다. 어미의 처지에서는 살아 있는
자식이라도 살리고 싶었다. 문희를 불러 얼른 피신하라고 일
렀다. 전쟁의 와중에 또 무슨 빌미로 애먼 사람을 잡아갈지 모
르기 때문이었다. 문희도 알겠다며 대구 달성의 어느 과수원
에 몸을 숨겼다. 전쟁물자 동원이 심해졌고 살기는 더욱 팍팍
해졌다. 그렇게 전쟁의 공포에 휩싸인 어느 날, 일본의 항복소
식이 전해졌다. 자식들이 목숨을 바쳐가며 갖고자 했던 조국
이 해방된 것이다. 해방에 앞장 선 사위가 차정의 유해를 들고
귀국한다는 전보가 날아들었다. 비록 죽은 자식이지만 집으
로 온다니 얼마나 반가운가. 도착하는 날, 일찌감치 부산역으

로 향했다. 역 일대는 인산인해로 아수라장이었다. 딸의 유해를 보기 위해 이렇게 많은 사람들이 몰려올 줄 어찌 알았겠는가. 태극기로 감싼 딸의 관을 어루만졌다. 눈물이 왈칵 쏟아졌다. 사위가 건넨 딸의 피가 묻은 옷을 만지자 딸을 만지는 듯 따뜻했다.

해방의 기쁨은 오래가지 않았다. 일본인이 물러난 땅에 이념이 솟구치기 시작했다. 나라는 다시 혼란의 틈바구니에 빠져들었다. 과수원에서 칩거생활을 하던 문희가 더 이상 이런 상황을 좌시할 수 없다며 상경을 고집하고 나섰다. 자신의 미력한 힘이나마 이념 대립을 걷어내는 데 일조를 하고 싶다니 말릴 수도 없었다. 하지만 이념은 무서웠다. 끝내 동족끼리의 피바람을 불러왔다. 서울로 간 아들마저 종적을 감추고 말았다.

전쟁은 끝났지만 문희는 끝내 집으로 돌아오지 못했다. 어디서 어떻게 죽었는지 아들 소식을 아는 이는 없었다. 그러니 시신을 찾을 수 없는 건 불문가지. 그렇게 나는 자식 다섯 중 막내 문하를 뺀 넷을 잃어버렸다. 아파서 죽은 딸 수정을 뺀 나머지 셋을 나라를 되찾는 일에 바친 셈이다. 그런데도 나라는 그런 공을 알아주지 않았다. 다행스러운 건 한 자식의 한만은 풀었다는 거다. 그놈이 바로 1995년에 건국훈장 독립장을 받은 둘째 딸 차정이다. 하지만 아직 두 아들 문희와 문호의 한은 풀지 못했다. 여식 차정의 한을 푸는 데 25년이나 걸렸으니 두 자식의 한까지 풀려면 오십 년은 족히 기다려야 하는 것일까. 생각하면 어미의 가슴이 메어질 뿐이다.

* 이 글은 한국해양대 김재승 교수의 논문『부산 출신 의열단원 박문희의 항일활동』을 참고하였습니다.

실감과 감동
거짓말도 썩 괜찮은 거짓말이라면

조갑상(소설가)

소설가 이상섭 선생이 부산의 이모저모를 '도란도란' 들려주는 책을 냈다. 소설집이 아니고 팩션집이다.

소설 옆동네에 무엇이 있는지를 살펴야 『거기서, 도란도란』에 대해 제대로 말할 수 있을 듯하다. 소설에 따라붙는 역사, 풍자, 추리, 이런 말들은 소설계에 '본격 소설'이란 점잖은 분이 따로 있다는 전제를 드러낸다. 조금 낡은 분류이거나 아니면 장삿속으로 붙이는 이름일 수 있으니 그냥 소설 동네 안의 한 식구라고 보아야 한다.

소설과 닮았으면서도 다른 형식의 글로는 '스토리텔링'과 '팩션'이 있다. '스토리'는 소설의 한 요소로 알고 있는데 어느 때부터인가 뒤에다 '텔링'을 붙여 소설과 딴살림을 차리기 시작했다. 어떤 사실적 대상에다 이야기를 입힌다는 것이니 소설과 다른 방법으로 대상을 살려내거나 돋보이게 하겠다는 간판이 동네 입구에 붙어 있다. 지방자치단체가 물주로 나오면서부터 파이가 커지고 인기도 높아졌다.

팩션 동네는 스토리텔링에 비해 아직까지 규모도 적고 인기도 높지 않다. 무엇보다 소설과는 담 하나라 월담이 수월해서 구분이 애매할 때도 있다. 미국의 소설가 트루먼 커포티가 쓴 책 중에 『인 콜드 블러드』가 있다. 우리나라에서는 먼저 '냉혈'이라는 제목으로 나오기도 했는데 최근 완역본이 나왔다. 이 책에는 여러 수식어가 붙어 있다. '일가족 살인사건과 수사 과정을 다룬 진실한 기록', '실제 범죄의 생생함을 문학으로 형상화한 세계 최초의 팩션'.

팩션은 사실을 뜻하는 '팩트'와 허구를 뜻하는 '픽션'의 합성어이다. 사건과 관련된 수많은 인물, 그리고 범인과의 인터뷰를 바탕으로 쓰인 책이지만 작가의 주관적 견해가 개입되지 않을 수 없으니 '팩션'이라 이름 붙였다. 하지만 '랜덤하우스 선정 20세기 논픽션 베스트 100선'이란 광고성 문구도 있으니 팩션과 논픽션의 구분 또한 월담으로 무너지는 모양새다. 우리나라에서는 김탁환의 소설쓰기를 보면 팩션이 무엇인지를 알 수 있으며, 신경숙도 궁중 무희와 프랑스 외교관의 사랑 이야기를 소재로 삼아 그와 경쟁하기도 했다.

야무진 등단을 두 번이나 한 이상섭 소설가는 소설도 잘 쓰지만 소설 이웃동네에 들어가도 금방 그 동네를 휘젓는 만능작가다. 다르게 말하면, 이상섭은 소설 이웃동네의 글쓰기가 성행하는 이 시절에 여러 매체의 편집자들이 도저히 가만둘

수가 없는 작가다. 국제시장과 을숙도를 누비어 르포산문집을 내고, 스토리텔링으로 부산의 곳곳에 숨길을 불어넣더니 이제 팩션까지 오고야 말았다.

이 책에서는 부산의 상징인 오륙도부터 인파가 모이는 사직운동장까지 여러 장소를 다룬다. 인물로는 동래현 관노 매동부터 독립운동가 박차정 등의 다양한 삶을 이야기한다. 더불어 유엔묘지에 나란히 묻힌 캐나다 병사 허시 형제 이야기는 장소와 인물이 하나가 된 대표적인 경우다.

묻혀서 잘 알지 못했던 이야기도 있지만 반대로 여러 매체와 장르에서 다룬 이야기도 있다. 인기 있는 소재를 다룰 때는 다른 글쓰기와 차별성을 보여야 할뿐더러 다른 작가와의 경쟁까지 감수해야 한다. 작가만의 전매특허, 비법이 관건이다.

앞서 캐나다 형제 이야기는 형 조셉이 동생 허시가 먼저 떠났던 기차역 사무실에서 투명 테이프를 만지는 장면으로 시작되는데, 전선에서 살아 돌아온 동생이 바로 그 사무실의 금 간 유리창에 붙어 있는 유리 테이프를 만지며 죽은 형을 생각하는 것으로 연결된다. 실감이 감동을 준다는 걸 알면 세부가 필요하고 장치물과 소도구를 잘 부려야 한다. 발표 지면에 따라 이야기의 길이가 다르고 소재에 따라 다소 차이가 나긴 해도, 책에 담긴 대부분의 이야기는 저마다 적절한 장치물들로 인해 시간을 탄력 있게 복원하고 딱딱한 사실들에 활기를 불어넣는다.

책 속에서 작가 스스로 말하고 있듯이 '거짓말도 썩 괜찮은 거짓말'이면 팩트를 조금 비튼다고 누가 시비를 걸겠는가.

기왕 소설 동네는 넓고 독자는 글쟁이 하기 나름이라는 걸 안 이상, 시대물이라 부르든 무어든 이름에 상관없이 값나가는 것 하나 붙잡고 대물로 만들어 달라는 부탁을 하고 싶다. 대형사고를 치는 길만이 그동안 바친 노고에 스스로 보답하는 길이 아니겠는가.

작가의 말

　　스토리텔링협의회로부터 첫 원고를 청탁 받은 게 아마 2012년 가을이었을 것이다. 남구에 위치한 신선대를 배경으로 한 팩션을 국제신문에 4회 연재할 분량으로 써달라는 거였다. 부산 토박이도 아니었던 터라 용당의 신선대에 대한 이야기 또한 알고 있는 게 없었다. 그런데도 내가 선뜻 응낙하고 만 것은 순전히 원고료 탓이 컸다. 원고료가 거의 웬만한 문학상 상금에 버금갈 정도였으니까. 한데 막상 글을 쓰려고 덤비니 난감했다. 인터넷 검색을 통해 알아낸 거라고는 신선 발자국이 남은 바윗덩이와 『조선왕조실록』에 나오는 정조 12년 때의 용당포 이양선 출현에 대한 짧은 기록이 다였기 때문이다.

　　행여나 하는 마음으로 신선대를 찾았다. 하지만 그곳에서 발견한 거라고는 2001년 영국 해군 중령 앤드류 왕자가 신선대를 방문했다 하여 세워진 기념비가 고작이었다. 난 천천히 기념비에 새겨진 글을 읽기 시작했다. 그러다가 든 생각이 "정조 때 출현한 이양선이 영국 해군 탐사선 프로비던스호였고, 탐사선의 함장이 윌리엄 로버트 브로우턴(William Robert

Broughton)이란 사실을 어떻게 알았을까?" 하는 거였다. 이후 나는 이곳저곳에 전화질을 해댔고 급기야 윌리엄 함장이 항해일지를 남겼으며, 그것을 한국해양대 출신의 김재승 박사가 번역한 사실까지 알아냈다. 그러고 나자 신선대에서 내려다보던 바다로부터 파도, 파도, 하는 소리가 다시금 들려오기 시작했다. 마치 바다 속에 수많은 사연이 묻혀 있으므로 자네가 제발 파도, 파도, 하면서 말이다. 그렇게 하여 만난 인물이「저기 둥둥 떠 있던」의 주인공 '풍'과 '사월'이다.

신선대를 무대로 한 팩션 원고를 쓰면서 깨달은 것이 바로 '기록의 중요성'이다. 만약 항해일지가 없었다면 그때의 일을 내가 어찌 형상화할 수 있었을까. 그런 깨달음 덕분에 부산의 역사나 장소성을 담아내는 스토리텔링 작업을 계속할 수 있었는지 모른다. 아무튼 덕분에 나는 시간이 흐르자 제법 두툼한 원고뭉치를 갖게 되었다. 그리하여 르포 형식의 원고들은 별도로 모아 작년 말에『을숙도, 갈대숲을 거닐다』란 책으로 펴냈고, 이번에는 다시 팩션집을 독자들에게 선보이게 된다. 바라는 게 있다면, 독자들도 나처럼 이 책을 통해 부산의 곳곳을 새롭게 바라보는 안목을 가졌으면 하는 것이다. 그것뿐이다.

이상섭

1998년 국제신문 신춘문예, 2002년 창비신인소설상으로 등단했다. 소설집으로 『슬픔의 두께』 『그곳에는 눈물들이 모인다』 『바닷가 그집에서, 이틀』 『챔피언』이 있으며, 르포집 『굳세어라 국제시장』 『을숙도, 갈대숲을 거닐다』를 썼다. 2010년 백신애문학상, 2013년 봉생문화상을 수상했다. 현재 해운대관광고교 국어 교사로 근무 중이다.

:: 산지니 · 해피북미디어가 펴낸 큰글씨책 ::

문학

해상화열전(전6권) 한방경 지음 | 김영옥 옮김

유산(전2권) 박정선 장편소설

신불산(전2권) 안재성 지음

나의 아버지 박판수(전2권) 안재성 지음

나는 장성택입니다(전2권) 정광모 소설집

우리들, 킴(전2권) 황은덕 소설집

거기서, 도란도란(전2권) 이상섭 팩션집
*2018 이주홍문학상 선정도서

폭식광대 권리 소설집

생각하는 사람들(전2권) 정영선 장편소설

삼겹살(전2권) 정형남 장편소설

1980(전2권) 노재열 장편소설

물의 시간(전2권) 정영선 장편소설

나는 나(전2권) 가네코 후미코 옥중수기

토스쿠(전2권) 정광모 장편소설
*2016 세종도서 문학나눔 선정도서

가을의 유머 박정선 장편소설

붉은 등, 닫힌 문, 출구 없음(전2권)
김비 장편소설

편지 정태규 창작집
*2015 세종도서 문학나눔 선정도서

진경산수 정형남 소설집

노루똥 정형남 소설집

유마도(전2권) 강남주 장편소설
*2018 대한출판문화협회 청소년도서

레드 아일랜드(전2권) 김유철 장편소설

화염의 탑(전2권)
후루카와 가오루 지음 | 조정민 옮김

감꽃 떨어질 때(전2권) 정형남 장편소설
*2014 세종도서 문학나눔 선정도서

칼춤(전2권) 김춘복 장편소설

목화-소설 문익점(전2권) 표성흠 장편소설
*2014 세종도서 문학나눔 선정도서

번개와 천둥(전2권) 이규정 장편소설
*2015 부산문화재단 우수도서

밤의 눈(전2권) 조갑상 장편소설
*제28회 만해문학상 수상작

사할린(전5권) 이규정 현장취재 장편소설

테하차피의 달 조갑상 소설집
*2011 이주홍문학상 수상도서

무위능력 김종목 시조집
*2016 부산문화재단 올해의 문학 선정도서

금정산을 보냈다 최영철 시집
*2015 원북원부산 선정도서

인문

파리의 독립운동가 서영해 정상천 지음

삼국유사, 바다를 만나다 정천구 지음

대한민국 명찰답사 33 한정갑 지음

효 사상과 불교 도웅스님 지음

지역에서 행복하게 출판하기 강수걸 외 지음

재미있는 사찰이야기 한정갑 지음

귀농, 참 좋다 장병윤 지음

당당한 안녕-죽음을 배우다 이기숙 지음

모녀5세대 이기숙 지음

한 권으로 읽는 중국문화
공봉진 · 이강인 · 조윤경 지음
*2010 문화체육관광부 우수학술도서

차의 책 The Book of Tea
오카쿠라 텐신 지음 | 정천구 옮김

불교(佛敎)와 마음 황정원 지음

논어, 그 일상의 정치(전5권) 정천구 지음

중용, 어울림의 길(전3권) 정천구 지음

맹자, 시대를 찌르다(전5권) 정천구 지음

한비자, 난세의 통치학(전5권) 정천구 지음

대학, 정치를 배우다(전4권) 정천구 지음